타임슬립 2119

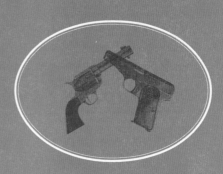

한국사 복원 프로젝트

타임슬립 2119

임어진
정명섭
이하
김소연

지음

사□계절

어둑어둑한 지하의 석실. 한쪽에서 문이 열리며 빛이 들어
왔다.

"여긴 어디죠?"

"캄캄해서 잘 안 보여요."

"너희가 활약할 곳이지."

김하나 박사의 안내를 따라 네 명의 아이들이 석실 안으로
들어섰다. 김하나 박사가 커다란 안경을 밀어 올리며 어두운
공간을 향해 말했다.

"타임슬립 프로젝트에 참여할 학생들을 데려왔어요."

"호오, 정말인가? 시간 여행자들이 왔군."

석실의 안쪽에서 누군가 호들갑을 떨며 스위치를 꾹꾹 눌
렀다. 그러자 석실 안에 조명이 켜졌다. 둥근 중앙 홀에는 여

러 장치들이 연결된 전동 의자가 놓여 있고, 석실 네 모서리에는 마치 박물관에 있을 법한 유리관이 있었다.

"저곳이 바로 너희가 시간 여행을 떠날 타임존이야. 그리고 타임셋, 저 유리관 안에 놓인 유물들이 이번 프로젝트의 단서지."

타임셋 안에는 오랜 시간의 무게를 견딘 흔적이 역력한 네 개의 유물이 들어 있었다. 다가오는 대한민국 임시정부 수립 200주년 기념 전시를 마치면 이 유물들은 자신을 그대로 본뜬 복제품에게 자리를 내주고 영원한 휴식에 들게 될 것이다.

"시간 여행이 정말 가능한 거예요?"

한 아이가 묻자, 석실 안쪽에서 희고 긴 머리를 하나로 묶은 남자가 방방 뛰듯이 걸어나오며 대답했다.

"직접 경험해 보면 알게 될 거다."

김하나 박사가 못 말리겠다는 표정으로 웃으며 그를 소개했다.

"한국독립운동사박물관 관장 나선형 박사님이셔. 오늘의 시간 여행을 가능하게 만드신 양자역학의 세계적인 권위자시지."

나선형 박사가 머리를 박박 긁으며 아이들을 둘러보았다.

"나를 아직 모른다고? 그러면 자격을 갖추었다고 볼 수 없군."

"이 아이들은 연구자가 아니에요. 박사님을 모르는 것 빼고는 모든 테스트를 통과했고요."

김하나 박사가 아이들을 돌아보며 흐뭇한 표정을 지었다. 하지만 나선형 박사는 여전히 못마땅한 얼굴이었다.

"이 프로젝트가 과연 필요할까? 우리 연구진이 찾아낸 자료로도 충분히 유물의 주인을 추정할 수 있어."

수십 년 전 한국은 알 수 없는 해커 세력의 랜섬웨어 공격으로 한국사 자료 일부를 잃고 말았다. 일제 강점기 자료에 집중된 공격이었다. 한국독립운동사박물관 연구자들은 훼손된 기록들을 복원하는 데 힘썼고, 덕분에 대부분의 기록이 복구되었다. 이제 독립운동가의 소장품임에 틀림없으나 정확한 기록이 확인되지 않은 몇 가지 유물만이 남았다.

"이번 기념전이 얼마나 중요한지 아시잖아요? 지난 사이버 테러 이후 우리가 피땀 흘려 복구한 자료를 처음으로 세상에 공개하는 거라고요. 추정으로 대강 얼버무릴 수는 없어요."

나선형 박사는 고개를 절레절레 흔들었다.

"자네 쇠고집은 정말 못 말리겠군."

김하나 박사는 아랑곳하지 않고 첫 번째 타임셋 앞으로 다가섰다.

"한소율!"

"여기요."

머리를 짧게 자른 소녀가 앞으로 나서, 타임셋에 놓인 권총을 유심히 살폈다. 나선형 박사가 머리를 박박 긁으며 총을 가리켰다.

"이 총만 해도 그래. 총에 남겨진 흔적을 보면 사용자에게는 왼쪽 무명지가 없었어. 그럼 더 볼 것도 없잖아?"

나선형 박사가 동의를 구하듯 아이들을 돌아보자, 은테 안경을 쓴 소년이 말했다.

"안중근 아닐까요? 이토를 저격한……."

그러나 타임셋 앞에 선 소율은 고개를 갸웃거렸다.

"성인 남성의 총이라기엔 작아 보여요. 제가 쏘기에도 적당할 것 같은데요?"

김하나 박사가 고개를 끄덕이며 웃었다.

"역시, 전국소년체전 공기권총 금메달리스트답군."

오뚝이처럼 생긴 인형이 놓인 타임셋으로 걸음을 옮긴 김하나 박사가 은테 안경 소년을 바라보았다.

"사회주의청소년동맹 의장 이서준, 맞지?"

"네, 접니다."

"세상에! 이 시대에 사회주의 동맹을 만들 생각을 하다니!"

서준이 은테 안경을 밀어 올리며 담담하게 말했다.

"사회주의는 어떤 이념이라기보다 우리 사회에 꼭 있어야 할 균형추예요. 전체를 위한 사회가 아닌 개인이 모여 개개인을 위하는 사회, 그게 가능할지 실험 중이고요."

"그래, 그 실험 정신으로 이 마트료시카의 주인도 찾아 주길 바란다. 다음은…… 하연수?"

긴 머리를 질끈 동여맨 소녀가 앞으로 걸어 나왔다. 김하나 박사가 소녀를 낡은 고글 앞으로 인도하며 물었다.

"세계 청소년 행글라이더 대회는 다 휩쓸었다지? 공군사관학교에 들어가는 게 꿈이고?"

"하늘을 나는 게 좋거든요."

"이번에 한번 날아 봐. 미리 말해 두는데 장난 아닐걸?"

김하나 박사가 연수에게 한 눈을 찡긋해 보이고는, 마지막으로 남아 있는 소년에게 눈을 돌렸다.

"네가 한우현이겠구나?"

"네, 접니다."

우현이 제자리에서 커다란 손을 흔들었다.

"고전 무기에 대한 지식이 해박하다고?"

"직접 손으로 작동하는 무기들에 큰 매력을 느낍니다."

"그렇다면 이 권총의 주인을 찾는 데는 네가 적격이겠어."

김하나 박사가 고개를 끄덕이며, 한층 자신에 찬 표정으로 나선형 박사를 돌아보았다. 나선형 박사는 내키지 않는 얼굴로 말을 받았다.

"어쨌든 너희는 이 유물들이 간직한 기억을 바탕으로, 유물의 주인이 있던 과거의 특정 시점으로 타임슬립을 하는 거다. 불필요하게 연구비를 쓰게 되겠지만 말이야."

"박사님!"

김하나 박사가 목소리를 높이자, 나선형 박사가 헛기침을 하며 말을 돌렸다.

"자, 타임존으로 안내하지."

나선형 박사가 엄지와 검지를 튕기며 아이들을 타임존으로 이끌었다. 타임존 한가운데 자리한 전동 의자 위에는 마치 고글처럼 생긴 것이 놓여 있었다. 김하나 박사가 그것을 가리켰다.

"이게 바로 타임글래스야. 특수 제작된 수트를 입고 타임글래스를 쓴 뒤 이 의자에 앉으면 시간 여행이 시작되는 거지. 해당 유물에 남은 흔적을 타임셋이 분석해서, 너희를 유물의 주인이 있는 시대로 보내 줄 거야."

연수가 상기된 얼굴로 말했다.

"가상 현실 게임 같네요."

"하지만 너희들 눈앞에 펼쳐질 것은 진짜 현실이야. 수트는 진입한 시대와 상황에 맞게 너희 모습을 바꿔 줄 거야. 겉모습만 보아서는 누구도 너희가 시간 여행자라는 걸 눈치챌 수 없지. 그러니까 더더욱 조심해야 해. 절대로 역사에 개입해선 안 돼."

"믿기지 않네요. 우주를 나는 것도 아니고, 시간을 건너다니……."

서준이 미심쩍은 목소리로 중얼거리자, 나선형 박사가 팔짱을 끼고 자신감에 찬 목소리로 설명했다.

"양자역학에 따르면 시공간은 불연속적이고, 입자는 가능한 모든 곳에 동시에 존재할 수 있어. 과거와 현재의 구분도, 이곳과 저곳의 거리도, 큰 것과 작은 것의 차이도 무의미하지."

서준이 고개를 갸웃거리자 나선형 박사가 앞에 놓인 마트료시카를 가리켰다.

"네가 추적할 마트료시카도 하나면서 여럿이고, 여럿이면서 하나야. 크고 작은 인형들이 존재하지만, 사실 하나의 큰 인형이야. 그런데 이 인형 모두에 작은 구멍을 뚫어 실로 연결하면 어떻게 될까?"

길어지는 설명에 연수가 끼어들었다.

"일단 가 봐야 정확히 알겠어요."

김하나 박사가 고개를 끄덕였다.

"그래. 알겠지만 너희들의 목적은 유물의 주인이 누구인지 정확히 알아내는 거야. 주인일 가능성이 높은 인물이 근처에 나타나면 타임글래스에 불이 들어올 거야. 너희가 선택한 모드에 맞게 설정된 인공지능이 추적을 도와줄 거고. 유물의 주인을 찾은 뒤, 한적한 곳으로 이동해 본부를 호출하렴. 그러면 우린 곧바로 너희를 데려올 거다."

"가능성이 높은 인물요?"

우현의 질문에 김하나 박사가 대답했다.

"유물의 주인으로 유력한 인물들이 있지만, 아무리 합리적이어도 추측은 추측일 뿐이야. 우리가 지금까지 유물에서 찾아낸 모든 정보들이 타임존 메인 컴퓨터의 데이터베이스에 입력되어 있어. 그 정보들과 관계가 깊은 인물이 나타나면 타임글래스가 반응하는 거지. 너희가 찾아낸 이름을 타임셋에 입력하면, 타임셋이 그 인물과 정보를 종합해서 퍼즐을 완성하게 돼.”

“다치거나 위급한 상황이 생기면요?”

“그때도 본부를 호출해.”

“만약 유물의 주인을 못 찾으면요?”

쉽게 멈출 것 같지 않은 시간 여행자들의 질문 세례를 나선형 박사가 딱 잘랐다.

“과거에 머무르는 시간은 길어질 수도 있지만, 인공지능이나 본부와 24시간 이상 연락이 끊기면 우리는 너희를 소환할 거다. 유물의 주인에 접근할 가능성조차 없다고 판단되어도 마찬가지야. 시간과 자본을 무한정 투자할 수는 없으니까. 그런 상황은 상상도 하기 싫군. 만약 겁이 나서 못 가겠다면 난 지금이라도 환영이야. 혹시 그만두고 싶은 겁쟁이 있나?”

나선형 박사의 신랄한 질문으로 타임존에 긴장감이 흐르자, 김하나 박사가 나서서 시간 여행자들을 안심시켰다.

“모든 것은 과학 기술에서 파생되었지만, 사실 기술은 도울 뿐이야. 우리는 우리가 알아낸 사실을 끊임없이 의심하고, 선입견 없이 인물과 사물을 판단해 진실을 밝혀낼 사람들을 찾아 왔어. 너희는 우리가 찾은 적격자들이야. 오늘을 위해 역사

적 지식을 쌓고, 체력과 정신력도 길러 왔잖니? 너무 걱정하지 않아도 돼."

아이들은 자기 앞에 놓인 유물을 바라보며 저마다 비장한 표정을 지었다.

"자, 누구부터 시간 여행을 떠나 볼까?"

차례

비상의 시간

임어진

석실에 들어선 연수는 임무 과제인 비행 고글 앞으로 다가 갔다. 고글을 보자 하늘을 날 때 느껴지던 귀를 찢는 바람 소리가 몸의 감각 세포를 깨우며 기억 속에 되살아났다. 공기 저항도 함께였다. 연수는 저도 모르게 주먹을 감아쥐었다. 짜릿한 전율이 왔다. 비행기를 모는 건 또 다른 모험일 것이다.

장차 파일럿이 되는 게 연수의 꿈이다. 이번 임무는 그 꿈에 다가가기 위한 또 한 번의 관문이 될 터였다. 멋지게 임무를 완수해야 한다. 사실 결코 쉽지 않았던 선발 과정을 무사히 통과한 것만 해도 스스로 생각하기에 대견했다. 작년 세계 청소년 행글라이더 대회에서 우승한 전력이 큰 영향을 미쳤음에 틀림없었다.

고글은 테두리의 고무가 이미 삭을 대로 삭아 형체만 간신히 유지하고 있었다. 여기에서 주인에 대한 정보를 찾을 수나 있을지 의심이 들 정도였다. 다른 유물들의 상태도 마찬가지였다. 연수는 고글을 들여다보며 중얼거렸다.

"이걸 썼던 사람을 찾으란 말이지? 나선형 박사님은 무슨 근거로 고글 주인이 안창남이라고 확신하시는 걸까? 김하나 박사님은 왜 반대하시는 거고? 누구 말이 맞는 거야?"

"너에게 그걸 알아봐 달라는 거지."

뒤에서 갑자기 김하나 박사 목소리가 들렸다. 연수가 화들짝 놀라 돌아섰다.

"깜짝이야! 아, 놀랐잖아요."

"놀랄 게 뭐 있어? 여기 나타날 사람이 또 누가 있다고."

"그래도요."

연수는 잠시 뾰로통한 표정을 지으며 흐트러진 머리카락을 귀 뒤로 쓸어 넘겼다. 김하나 박사가 메인 컴퓨터에 검색어를 입력하자, 석실 대형 스크린에 안창남의 얼굴이 나타났다. 자신이 개조한 비행기 금강호를 배경으로 활짝 웃는 모습이었다. 그 옆으로 안창남에 대한 기록들이 죽 올라왔다.

"열일곱 살에 외국인 비행사가 한반도 상공에서 곡예비행을 펼치는 걸 보고 비행사를 꿈꾸게 되었다는 게 공감이 가요. 지금의 저랑 같은 나이여서인지 몰라도요."

"충분히 그럴 수 있어. 나도 공감이 가는데, 뭐. 안창남은 곧장 일본으로 건너가 비행 기술을 배워 정식 비행사가 된 뒤,

1922년 12월에 우리나라 언론사 초청으로 '고국 방문 대비행'을 선보였지. 여의도에 오만 명이 넘는 관중이 모여서 지켜보았대."

"사람들이 얼마나 환호했겠어요. 그 시대의 스타였던 거죠?"

연수 말에 김하나 박사가 홋 웃었다.

"땅에는 엄복동, 하늘에는 안창남이란 말도 생겼다니까 아마 그랬겠지? 하나는 자전거 왕, 하나는 비행기 조종사. 한국 사람도 이렇게 대단하고 멋진 일을 할 수 있구나, 생각하지 않았겠어? 일제 강점기 사람들의 암울한 마음에 희망의 빛을 안겼을 거야."

연수는 김하나 박사를 돌아보며 물었다.

"그런데도 박사님이 안창남을 이 비행 고글의 주인으로 확신하기 어렵다고 하시는 이유가 뭐예요?"

김하나 박사는 연수 어깨에 팔을 두르며 말했다.

"연수야, 고증은 정확해야 해. 추정과 사실이 반드시 일치하지 않을 수도 있어. 그걸 일치시키려 치열하게 조사하고 고증해 내는 게 박물관 연구팀의 소임이야. 그래서 허점과 오점을 안 남기려 최선을 다하는 거야."

"이 고글이 안창남 거라면 다행이지만 만에 하나 아니라면 틀린 기록으로 역사에 남게 된다 이거군요?"

"그래. 전시 일정이 임박하기는 했어도 확실히 입증된 다음에 세상에 알리는 게 옳아."

연수는 고개를 끄덕였다.

"저, 얼른 보내 주세요. 안창남이든 다른 인물이든, 어서 만나 보고 싶어요. 누구든 비행사일 테니까 비행기 조종법도 속성으로 가르쳐 달래야지. 이왕이면 스타에게……."

김하나 박사가 이맛살을 찌푸렸다.

"하연수. 시간 여행자 선발 과정에 문제가 있었다고 괴로운 보고서 쓰게 하지 마라."

연수는 해맑게 웃었다.

"물론 전 제 임무에 충실할 거예요. 그래도 동시에 제 사심이 작동하는 걸 막을 수는 없겠죠? 헤헤, 농담이에요!"

김하나 박사는 다시 한번 연수를 째려보다 마지못해 따라 웃고는 곧 타임슬립 준비에 들어갔다.

"자, 긴장은 충분히 풀린 것 같으니 이제 본격적인 여행을 시작해 보는 게 어때?"

"전 준비됐어요. 지금 바로 시작하고 싶어요."

웃음기 걷힌 연수의 얼굴은 환히 빛났다. 김하나 박사는 시간 여행자 선발 때 총기 어린 눈으로 과제에 집중하던 연수를 떠올렸다. 자신이 잘못 보았을 리가 없다.

연구원들이 다가와 연수의 준비를 최종 점검했다. 타임글래스를 쓰고 작동 버튼을 누르면, 연수는 단숨에 고글의 주인이 있을 만한 곳으로 떠날 것이다. 김하나 박사가 연수에게 여행 규칙들을 다시금 되새겨 주었다.

"유물과 관련도가 높은 사람이 나타나면 타임글래스 화면에 빨간 불빛이 들어올 거야. 우리는 유물의 주인만 확인하면 돼. 만에 하나 역사를 바꿀 생각은 하지 마. 괜히 무리한 시도를 했다가 너만 위험해질 수 있어. 자칫 못 돌아올 수 있다는 거 명심하라고."

"약간도 안 돼요? 거기까지 가서 아무것도 안 하고 오는 건 너무 능력 낭비 같은데."

"농담이라면 받아 줄게."

연수는 저도 모르게 심호흡을 했다. 이제부터 어디로 떠나, 무엇을 보고, 어떤 일을 겪게 되는 걸까. 정말 안창남이 있던 시대로 가는 걸까. 타임셋만이 그 답을 알고 있을 것이다.

"매 순간 필요한 정보 요청이나 전달은 인공지능과 상의하면 돼. 인공지능 설정도 마쳤다며? 그것도 내 이름으로?"

연수가 고개를 돌려 김 박사를 보며 웃었다. 인공지능에 연수가 가장 믿을 수 있는 대상의 이름을 붙였을 뿐이다.

"뭐라고 부를까요? 김하나 박사님?"

"듣기만 해도 지루하네. 그냥 '하나'라고 불러. 친구라 생각하고."

연수의 타임글래스 장착을 돕던 연구원들이 히죽 웃었다. 김 박사가 어깨를 으쓱했다.

"자! 모두 준비 다 됐죠?"

김 박사가 자세를 가다듬으며 분위기를 정리하자, 연수와 연구원들의 얼굴에 다시 긴장감이 돌았다. 연수가 고갯짓으로 준비 완료를 알렸다.

"좋아, 시작합시다."

김하나 박사의 말과 함께 연수의 타임글래스가 작동을 시작했다. 타임존 메인 컴퓨터에 해독 불가능할 것만 같은 숫자와 문자들이 빛의 속도로 쌓여 갔다. 곧 좌표 계산이 끝났다. 타임존 안이 어두워졌다.

*

'1923년 12월 30일 오후 4시, 중국 운남성 성도 곤명.'

타임글래스에 표시된 연도와 위치를 보고 연수는 어리둥절했다. 연수가 서 있는 곳은 커다란 호수 공원 앞이었다. 연수는 잠시 두리번거리며 가까이에 사람이 없는 걸 확인하고 인공지능을 불렀다.

"하나, 세부 위치를 확인해 줘."

[취호공원. 지금 있는 데가 곤명 중심부야.]

"제대로 온 거야? 안창남이 운남성으로 왔다는 기록은 없었잖아."

하나는 곧장 안창남의 행적을 타임글래스에 띄워 주었다.

[1923년이면 고국 방문 대비행을 선보인 이듬해야. 9월에 관동 대지진이 일어났고, 이때 안창남은 일본에 있었어.]

"관동 대지진?"

[일본 관동 지역을 강타한 대지진으로 사망자와 행방불명자가 사십만 명에 달했다고 해.]

"헉! 그런 엄청난 일이……."

[이때 일본 정부는 자국민들의 불만을 다른 데로 돌리려고, 한국인들이 폭동을 일으키려 한다는 여론을 부추겼어. 격분한 일본인들은 한국인들을 닥치는 대로 붙잡아 구타하고 학살했어.]

"뭐? 말도 안 돼!"

연수가 저도 모르게 큰소리를 내자, 공원으로 들어가던 사람들이 이상한 눈으로 돌아보았다. 하나가 뇌파 송수신으로 모드를 바꾸며 설명을 이었다.

[그 직후에 안창남이 중국 망명길에 올랐지. 연구자들은 일본의 만행을 보고 분노했기 때문이라고 해석하고 있어.]

'망명지가 혹시 여기야?'

[아니, 상해야.]

'그런데 타임셋은 나를 왜 운남성으로 보냈지?'

[난 데이터에 근거한 사실만 답할 수 있어.]

결국 인공지능 하나도 모른다는 이야기였다. 하지만 타임셋이 오작동을 했으리라고는 생각할 수 없었다.

'좋아, 이제부터 내가 알아볼게.'

연수는 취호공원의 아름다운 정경을 새삼 둘러보았다. 잔

잔한 수면에 햇빛이 어려 은빛 비늘처럼 부서지고 있었다. 연수가 지금 서 있는 곳은 공원 서문 앞이었다. 호수를 구경하러 들어가는 사람들이 심심치 않게 눈에 띄었다. 사람들 옷차림은 각양각색이었다.

'하나, 저 사람들은 어느 나라 사람들이야?'

[운남성은 소수 민족들이 워낙 많았던 곳이야. 이족, 묘족, 장족 등 셀 수 없을 정도였지. 각 민족들은 고유한 문화를 지키며 살았어. 언어나 복장, 생활 방식들도 전통 그대로 말이야. 잠시만 기다려. 각 소수 민족 언어들도 인식할 수 있도록 업그레이드 할게.]

하나가 소수 민족 언어들을 타임글래스 통역 기능에 모두 추가하고 덧붙였다.

[영국 작가 제임스 힐튼이 1933년에 낸 소설 『잃어버린 지평선』에 이 지역을 모델로 '샹그릴라'라는 이상향을 그렸어. 너무도 아름다운 곳이라고 말이야. 그때부터 서방 세계에 많이 알려졌지.]

"샹그릴라……."

연수는 하나가 알려 준 이상향의 이름을 따라 읊조려 보았다. 그때 갑자기 타임글래스 화면에 빨간 불이 켜졌다. 연수도 하나도 놀라긴 마찬가지였다.

'앗! 고글 주인이 나타났나 봐!'

연수는 주위를 두리번거렸다. 저만치서 자그마한 젊은 여성이 걸어오고 있었다. 근처에 다른 사람은 보이지 않았다. 타임글래스는 그 여성에게 반응한 게 틀림없었다.

'안창남과 관계가 있는 사람인가?'

연수는 의아하면서도 반가운 마음에 그 사람에게로 성큼 다가갔다.

"저기 혹시……."

"응? 무슨 일로……."

걸음을 멈춘 젊은 여성이 뜻밖에 한국말로 대답을 했다. 중국식 옷차림을 하고 있었지만, 한국 사람임에 틀림없었다.

"혹시, 비행사를 만나려면 어디로 가야 하는지 아세요?"

연수 말에 젊은 여성의 눈이 휘둥그레졌다.

"비행사가 뭐 하는 사람인지 아니?"

"그럼요. 비행기 조종사가 비행사죠."

"비행기를 본 적은 있고?"

연수는 그제야 아차 했다. 비행기가 세상에 있다는 걸 아는 사람이 드문 시대다. 누구나 쉽게 볼 수 있는 게 아니다. 연수는 얼른 수습에 나섰다.

"아…… 지난해에 안창남이라는 분이 비행기를 몰고 하늘을 날았다는 걸 어른들이 신문에서 보고 얘기해 주셨거든요. 몇 년 전 경성 하늘에 서양 비행사가 비행기를 몰고 나타나 온갖 묘기를 부리는 걸 보고 감동해 비행사가 된 분이래요."

연수 말에 젊은 여성이 놀란 얼굴을 했다.

"안창남 비행사를 아는구나! 그래, 안창남 비행사는 나하고 나이도 동갑이지. 나도 그때 미국인 비행사 아트 스미스의 묘기가 굉장히 멋지다고 생각했어. 스미스 비행사가 내가 살던 평양에서도 비행했거든."

"아아! 그래요?"

"안창남 비행사가 고국에 방문한 소식은 나도 전해 들었어."

연수는 눈앞의 여성에게 새삼 흥미를 느꼈다. 안창남과 같은 경험을 한 사람을 만나다니. 더구나 타임글래스가 계속해서 신호를 보내고 있었다. 연수는 저도 모르게 제 마음을 털어놓았다.

"하늘을 날 수 있다는 건 정말 멋진 일 같아요. 저도 비행사가 꿈이거든요."

젊은 여성이 와락 반색을 했다.

"그래? 와! 동지를 만났구나. 앳된 여학생이 그리 말하니 더욱 반가워. 나도 항공학교에 입학하려고 먼 길을 찾아왔거든."

"근처에 항공학교가 있어요? 정말 비행기를 타 볼 수 있어요? 저는 그냥 꿈이 그렇다는 거지…….."

"너도 비행사가 꿈이라고 하지 않았어? 꿈은 이루라고 있는 거야. 여자라서 못 하는 일이 있으면 안 되지 않겠어?"

연수는 이 여성과 자신이 서로 다른 이야기를 하고 있다는 걸 깨달았다. 연수는 항공고등학교 전공 수업에서조차 가상 현실을 이용한 모의 비행만 해 보았다. 더구나 현대 비행기들은 컴퓨터가 대부분의 역할을 하는데, 모든 것이 조종사에 의해 좌우되는 구형 비행기라니! 생각만 해도 가슴이 떨렸다.

그런데 눈앞에 선 사람은 여자도 비행사가 될 수 있다고 연수를 다독이고 있었다. 연수는 자신이 얼마나 많은 시간을 거슬러 왔는지를 실감했다. 동시에, 형형한 눈빛을 가진 이 사람에게 마음이 끌렸다. 어쩐지 평범한 사람처럼 보이지 않았다. 그 여성이 빙긋 웃더니 연수에게 손을 내밀었다.

"제대로 인사하자. 난 기옥이라고 해. 권기옥."

연수가 얼른 기옥의 손을 맞잡았다.

"하연수예요."

그때 인공지능 하나가 끼어들었다.

[연수야, 타임존 데이터베이스에서 이 사람을 찾았어. 권기옥, 1901년생. 한국 최초의 여성 비행사.]

연수는 동그래진 눈을 껌벅였다.

'생각보다 일이 쉽게 풀리는걸. 그렇다면 이 사람이 비행 고글의 주인인 게 틀림없어. 하지만 내 눈으로 조금 더 확인해야겠어. 권기옥 비행사가 항공학교에 입학하는 것까지. 그렇게 해도 되겠지?'

[알았어. 그렇게 해.]

사실 연수는 기옥이 입학하려는 항공학교를 직접 보고 싶은 마음이 더 컸다. 하나의 대답과 동시에 기옥이 길 건너를 가리키며 말했다.

"아아, 길에서 이러고 있을 게 아니지. 내가 찾아온 데는 바로 저기야. 너는 어쩔래?"

연수는 기옥이 가리킨 곳을 바라보았다.

"운남육군강무학교……?"

연수가 공원 건너편 노란 건물의 상단에 쓰인 한자를 읽자 기옥이 고개를 끄덕였다.

"그래, 강무학교. 이 학교에서 군인이 되는 공부를 하려고 우리나라 청년들이 먼 길을 거쳐 많이들 오고 있지. 나는 이 학교 부속인 항공학교에 입학하려고 온 거고."

타임글래스 화면에 이 학교에서 교육을 받고 항일 운동에 큰 족적을 남긴 이범석 장군의 모습이 나타났다. 연수는 저도 작정하고 온 듯 대담하게 말했다.

"저도 여기 입학하고 싶어요."

기옥이 싱긋 웃었다.

"네 결심도 그렇다면 동행해 보자! 저기 위병한테 가서 좀 물어볼까? 학교 입학 허가를 바로 받을 수 있는지 알아봐야 하잖아."

기옥이 재촉하자 연수도 얼른 고개를 끄덕였다. 하지만 교문을 지키는 위병들은 실망스러운 말을 했다.

"독군의 허가증이 없으면 불가하오."

기옥이 찾아온 이유를 열심히 설명했지만 소용없었다. 연수는 답답해졌다.

"독군이 누구예요? 허가증을 받아 오면 되잖아요."

기옥은 무겁게 고개를 끄덕였다.

"독군은 각 지역의 성을 다스리는 관리야. 여기 운남성은 지금 당계요 성장이 군 사령관도 겸하고 있지. 내일이라도 독군을 찾아가 보는 수밖에 없겠어."

"그런데 어쩌죠? 날도 저물고 있는데……."

연수가 난감해하자 기옥이 들고 있던 가방을 뒤져 종이 한 장을 꺼내 보였다.

"이 근처에 강무학교를 졸업한 한국인 선배들이 의무 복무 기간 동안 머무는 집이 있다고 했어. 거기라도 가 보자."

기옥과 연수는 사람들에게 물어 가며 종이에 적힌 주소로 찾아갔다. 도착한 곳은 동네 외곽의 허름한 흙집이었다.

"어서 오시오, 후배 동지들! 불편하더라도 독립 이룬 고국 꿈 꾸며 눈 붙이고들 가시오."

선배 청년들이 따뜻하게 반기며 기옥과 연수에게 방 하나를 내주었다. 비좁고 퀴퀴한 방이었지만, 지친 두 사람에게는 나무랄 데 없는 숙소였다.

자려고 누웠지만 연수도 기옥도 쉽사리 잠들지 못했다.

"언니, 근데 어쩌다 여기까지 올 결심을 하게 된 거예요?"

연수가 스스럼없이 언니라고 부르며 묻자, 기옥은 잠시 생각한 뒤 말했다.

"나 태어났을 때 이름은 '갈례'였어. 딸만 자꾸 태어나니까 그만 저세상에 가라고."

"에에? 말도 안 돼요."

연수로서는 상상도 안 되는 얘기였다.

"아버지가 그리 지어 주었다니까. 그러고는 집안을 안 돌봐서, 난 열한 살 때 은단 공장에 가서 일해야 했지."

연수는 너무 뜻밖의 얘기에 무슨 말을 해야 할지 몰라 잠자코 있었다.

"학비 안 내고 다닐 수 있는 교회 부설 학교가 있어서 천만다행으로 공부를 시작할 수 있었어. 그다음에는 숭의여학교에 편입했고. 그때 스미스가 평양에 와서 비행기 묘기를 부린 거야. 얼마나 황홀하던지…… 나도 꼭 비행사가 되어야겠다고 결심했다니까."

연수는 자신도 이 시대에 살며 그 현장을 보았다면 분명 같은 꿈을 꾸었으리라 생각했다.

"그러다 만세 운동이 일어났어. 내가 속해 있던 숭의여학교 비밀 결사대인 송죽회 학생들도 만세 운동에 참여했지."

"아, 기미년 만세 운동! 나도 알아요. 그러다 잡혀간 사람들도 많다던데……."

"나도 체포되어 고문을 당했지. 구류 3주 살고 풀려나서도 내내 독립운동을 하다가 쫓기게 돼서 상해로 간 거야."

연수는 쪽창으로 흘러드는 달빛에 의지해 기옥의 얼굴을

유심히 살폈다. 체구도 작고 힘도 별로 없어 보이는데 어디에 그런 용기와 놀라운 기상이 있었던 걸까.

"그런데 왜 상해를 떠나 이곳으로 왔어요?"

"상해 임시정부의 어른들은 빼앗긴 나라를 되찾으려면 비행기와 비행사가 필요하다고 생각하셔. 특히 도산 선생은 비행기가 독립운동에 중요한 역할을 할 거라 기대하고 계시지."

"아아, 도산 안창호!"

연수가 아는 척을 하자 기옥은 벌떡 일어나 앉아 아예 잠이 달아난 얼굴로 눈을 빛내며 얘기를 이어 갔다.

"도산 선생은 비행기와 비행사를 구하려고 여러 나라들과 교섭을 했어. 휴, 근데 그럴 자금이 있어야 말이지."

연수는 말없이 고개를 끄덕였다. 당시 임시정부가 얼마나 어려운 형편이었는지는 배워서 잘 알고 있었다.

"몇 해 전에 노백린 장군이 미국에 한인 비행사 학교를 세웠거든. 그런데 자금이 없어 일 년 만에 문을 닫고 말았어. 독자적으로는 안 되겠다고 판단한 임시정부에서 중국에 있는 항공학교에 청년들을 보내자고 한 거야. 그래서 나도 이렇게 오게 되었지."

연수는 놀라 입이 벌어졌다.

"와아! 정말 대단하네요. 대한민국 임시정부에서 파견한 분이라니!"

기옥은 쑥스럽게 웃으면서도 싫지 않은 얼굴이었다.

"아이, 그만 자자. 내일 항공학교 입학 허락받으려면 정신 바짝 차려야 할 테니 말이야. 이러다 날 새겠다."

연수도 마주 웃어 주었다. 아닌 게 아니라 쪽창 밖으로 달이 한참 넘어가 있었다.

다음 날 새벽, 기옥과 연수는 일찌감치 집을 나서 당계요 독군이 있다는 독군서로 갔다. 그러나 독군서 입구를 지키는 위병들은 말을 들어 볼 생각도 않고 두 사람을 밀쳐 냈다. 독군을 만나러 왔다고 얘기하는 기옥에게 총부리를 들이대기도 했다.

"수상한 자들이군. 저리 데려가!"

위병들은 기옥과 연수를 위병소로 끌고 갔다. 기옥은 또렷한 중국어로 따지고 들었다.

"이보시오! 우리는 당신네 나라의 방성도 장군과 대한민국 임시정부 이시영 부통령의 추천장을 들고 당계요 독군을 뵈러 온 거요. 어엿한 추천장이 있는 우리를 이렇게 서운하게 대하면 임시정부와 방성도 장군이 독군을 어찌 생각하겠소?"

그제야 위병들은 찔끔하며 추천장을 놓고 가라고 했다.

"면담 여부는 곧 알려 줄 테니, 주소를 여기 써 놓고 돌아가 있으시오. 그럼 되겠소?"

전혀 미더운 말이 아니었지만, 어쩔 도리가 없었다. 기옥과 연수는 위병소 바깥으로 밀려 나와 무거운 발걸음으로 숙소로 가며 불안한 마음을 주고받았다.

"괜찮을까요? 위병들이 독군에게 추천장을 제대로 전할 것 같지 않아요."

"내 생각도 그래. 괜히 잃어버리기만 하는 거 아닌지 몰라. 그러면 큰일인데……."

어렵게 얻어 온 추천장이 잘못되면 기옥이 먼 길을 온 보람이 없다. 비행사가 되려는 꿈은 물거품이 되고 만다. 걱정 가득한 기옥의 얼굴을 보자 연수는 아무래도 뭔가 도와야 할 것만 같았다.

"에이, 아무리 그래도 알려 준다고 했으니 기별이 오겠죠, 뭐. 언니, 나 잠깐 이 근처에서 볼일 좀 보고 숙소로 들어갈게요. 집안 어른이 부탁하신 일이 있는데, 깜빡했어요."

"숙소 잘 찾아올 수 있겠어?"

기옥이 간신히 힘을 내 물었다.

"그럼요. 내가 길눈이 얼마나 밝은데요. 어두워지기 전에 들어갈게요."

기옥은 알았다며 연수를 남겨 두고 숙소로 돌아갔다. 연수는 기옥이 눈앞에서 멀어지자 위병소로 냅다 뛰어갔다. 그때 갑자기 타임글래스에서 김하나 박사의 목소리가 들렸다.

[연수, 지금 뭐 하는 거지? 역사에 개입하면 안 된다는 말 잊었어? 타임슬립을 중단하고 네 자격을 박탈할 수도 있어!]

연수는 고개를 저었다.

"저렇게 실망하는 모습을 보고 어떻게 가만히 있어요? 그냥 독군에게 추천장이 전해지게만 할 거예요. 이대로 두면 그 위병들이 신경이나 쓰겠냐고요."

연수는 초조했다. 너무 무모한 행동을 하는 걸까. 만약 뜻대로도 안 되고 본부로 소환돼 모든 게 무효가 된다면…… . 하지만 나약한 생각은 하고 싶지 않았다. 반드시 전달해야 할 추천장을 제대로 전하려는 것뿐이다.

조금 뒤 김하나 박사가 다시 입을 열었다.

[그 추천장은 역사 기록에 남아 있네. 당계요에게 무사히 전달된 거지. 네 시도가 역사를 바꾸는 일은 아닌 것 같다. 너 때문에 오히려 실패하지만 않는다면 말이야.]

"염려 마세요."

위병소로 돌아간 연수는 천연덕스럽게 위병들에게 따졌다.

"큰일 났어요! 아까 그 추천장 어디 있어요? 어서 돌려주세요. 독군 마님이 지금 노발대발하고 계시다고요."

"넌 뭐야?"

"보면 모르겠어요? 독군 마님 모시고 일하는 사람이죠. 쯧쯧, 아까 그분이 누구신지도 모르고…… . 마님의 먼 친척 따님이시라고요. 일부러 그 얘기는 하지 말라 하셔서 안 했건만 그런 푸대접을 하다니. 안됐네요. 이제 각오하셔야 할 거예요. 추천장이나 어서 돌려주세요. 마님이 독군께 직접 드리고, 오늘 있었던 일도 다 말씀드린다고 하시니까요."

위병들은 동요하는 기색이 역력했다.

"아까 어디 두었어?"

"몰라. 네가 버렸잖아."

"빨리 주워 와."

위병들은 자기들끼리 수군거리더니, 헛기침을 하며 연수에게 둘러댔다.

"아, 안 그래도 독군께 보고 드리려던 참이오. 잠시 기다리시오. 독군께 바로 보고 드리고 면담 시간 확인하고 나올 테니까."

연수는 새침한 얼굴로 팔짱을 끼고 알 바 없다는 듯 여유를 부렸다. 안으로 들어갔던 위병이 번개같이 돌아왔다.

"독군께서 내일 점심시간에 정식으로 만나겠다고 하셨소. 면담 시간은 한 시라고 잘 좀 말씀드려 주시오."

"흥. 진작 그럴 것이지."

연수는 위병이 건네는 추천장을 낚아채듯이 뺏어 들고는 숙소로 돌아왔다.

기옥은 믿기지 않는 얼굴이었다.

"참말로 이걸 갖다 주라고 했단 말이지?"

"그렇다니까요. 여기까지 걸어오기 귀찮아하는 얼굴이라 내가 중간에 받아 왔어요."

"흠, 이리 순순히 약속을 잡아 줄 거면서 아까는 왜 그리 야박하게 굴었누?"

"누가 아니래요."

기옥은 다시 희망에 부푼 얼굴이었다.

다음 날 독군을 만나러 가는 내내 기옥은 말이 없었다. 연수도 마찬가지였다. 만에 하나 거절당한다면 어떻게 되는 걸까? 비행사가 되려고 먼 길을 온 기옥도, 젊은이들의 힘을 길러 나라를 되찾으려는 임시정부도 크게 상심하게 될 것이다. 묵묵히 걸어가는 기옥을 말없이 따르며 연수는 콧날이 시큰해졌다.

'이렇게 애를 썼구나. 많은 이들이 이랬겠지.'

이 시대로 오기 전에는 존재도 몰랐던 기옥이 비행사가 되려 애쓰는 모습이 연수에게는 뭉클한 감동을 주었다.

"어서 와! 왜 뒤처져 있어?"

기옥이 거리가 벌어진 연수를 돌아보며 불렀다. 씩씩한 목소리였다. 연수는 어쩐지 마음이 든든해졌다. 믿을 수 있는 언니 같았다. 오늘 일이 잘 풀릴 것도 같았다. 연수는 큰 소리로 밝게 대답하며 기옥에게로 뛰어갔다.

"근데 언니, 왜 하필이면 이렇게 멀리까지 온 거예요? 항공학교가 여기밖에 없어요?"

"아니. 여기 말고도 세 군데 더 있어. 남원항공학교와 보정항공학교, 광동항공학교. 여기까지 치면 모두 네 곳이지."

연수는 하나에게 각 항공학교들의 상황을 검색해 달라고

요청했다. 남원항공학교는 세운 지 십 년 된 중국 최초의 항공학교였다. 프랑스 비행기 회사의 쌍첩 연습 비행기 열두 대에다 프랑스인 교관과 기술자까지 초빙해 놓고 있었다. 그런 데로 가는 게 더 낫지 않았을까. 연수가 궁금한 눈으로 바라보자 기옥이 말했다.

"네 곳 다 입학할 방법을 알아봤지. 근데 남원항공학교와 보정항공학교는 여자라서 입학이 불가능하다고 하더라고."

"정말요? 참 바보들이네. 여자라서 비행사로 받아 줄 수 없다니! 또 한 군데는요?"

"광동항공학교는 입학을 허가했지만 비행기가 한 대도 없어. 이론만 배워서 무슨 비행사가 될 수 있겠어? 남은 데가 여기였지. 그런데 편지만 보냈다가 또 거절당하면 길이 깜깜해지겠구나 싶었어. 그래서 직접 온 거야. 상해에서 배를 타고 바다를 건너 그다음부터는 또 기차를 타고……. 여기 도착한 게 거의 한 달 만일 거야."

연수의 입이 절로 벌어졌다. 허름해질 대로 허름해진 기옥의 차림새를 이해할 수 있었다. 하지만 기옥의 눈빛이 조금도 지쳐 보이지 않아 더욱 감탄했다.

위병들은 기옥을 보고 칼같이 경례를 올려붙였다. 기옥은 어리둥절한 얼굴로 연수와 함께 응접실로 안내받았다.

삼십 분쯤 뒤 모습을 드러낸 당계요 독군은 자그마한 체구에 눈빛이 예리한 사람이었다. 독군이 기옥과 연수를 꿰뚫을

듯 바라보더니 물었다.

"비행 기술을 배우고 싶다고? 여자 몸으로 그런 결심들을 한 이유가 있나?"

기옥은 힘 있는 목소리로 담담하게 말했다.

"독립운동에 여자 남자가 어디 있겠습니까. 나라를 되찾으려면 훌륭한 기술들을 많이 배워야 한다고 생각합니다. 저는 이 학교에서 비행 기술을 확실히 배워 비행기를 몰고 한국으로 날아가고 싶습니다. 가서 남의 나라를 빼앗아 차지하고 있는 저 일제의 총독부 건물에 폭탄을 던지고 싶습니다."

독군은 기옥을 한참이나 바라보았다.

"무섭지 않나?"

"무서울 게 무엇이 있습니까. 무도한 침략자들을 몰아내고 나라를 되찾으려면, 저는 물론 어느 누구라도 힘을 보태는 게 마땅하지 않겠습니까."

"흐음……."

독군이 감탄한 눈으로 기옥을 보았다. 연수도 새삼 놀라 기옥을 바라보았다. 어떻게 저런 이야기를 조금도 두려워하지 않고 할 수 있을까.

독군이 연수도 같은 뜻인지 물었다. 연수는 기옥에게 나쁜 영향을 미칠까 봐 기꺼이 그렇다고 대답했다. 당계요는 마침내 고개를 끄덕였다.

"교장 앞으로 편지를 써 주면 되겠나?"

독군은 그 자리에서 항공학교 교장에게 보내는 편지를 써 주었다. 편지를 건네며 독군이 호탕하게 웃었다.

"자! 어서 가서 일본 제국의 군홧발 아래서 신음하는 그대들 나라의 백성들을 구할 수 있도록 비행 훈련에 매진하시게. 하하하!"

독군서를 나오자마자 연수는 좋아서 팔짝댔다.

"아까 독군 표정 보셨어요? 완전 감동한 얼굴이었다고요. 이제 입학은 문제없겠어요."

독군의 편지 덕분에 항공학교 교장과는 곧 만날 수 있었다. 공교롭게도 교장 임기가 끝나는 날이라, 전임 교장과 새로 부임한 교장이 한자리에 있었다.

신임 교장은 뻣뻣한 태도로 고개를 저었다.

"여자들을 어찌 받나. 입학을 허락하기 어렵네."

전임 교장의 생각은 달랐다.

"이건 독군의 명령이오. 당신이 결정할 수 있는 게 아니오."

"아니, 여기 여자가 지낼 방이 어디 있소?"

그 말은 사실이었다. 이제까지 항공학교에 여자 숙소는 필요치 않았던 것이다. 하지만 전임 교장은 신임 교장을 설득했다.

"여자 기숙사를 새로 지으면 될 것 아니오. 심부름할 이 하나 붙여 주고 비용은 독군에게 말하면 되는 거요. 지금껏 안 해 보았으니 못 한다고만 여길 거 없소."

"알겠소. 독군 뜻이 그렇다면 하는 수 없지."

투덜거리던 신임 교장이 마침내 입학을 승인했다.

"고맙습니다, 고맙습니다!"

기옥이 기쁨에 찬 얼굴로 두 교장에게 감사 인사를 하는 사이 연수는 조용히 교장실을 빠져나왔다. 임무가 끝났다. 이제 돌아가야 하는 시간이다. 더 있고 싶어도 있을 수 없었다.

연수가 본부로 돌아가기 위해 인적 드문 곳을 찾고 있는데, 한 남자가 학교 안으로 걸어 들어왔다. 남자가 학교 밖으로 나가려는 연수에게 물었다.

"여기 혹시 입학하러 온 여자가 있지 않았습니까? 어디로 갔는지 압니까?"

연수는 말없이 손을 들어 교장실 쪽을 가리키고는 교문 밖으로 빠져나왔다.

*

연수는 타임글래스를 벗으며 부르르 몸을 떨었다. 아무리 둔한 사람도 느낄 수 있을 만큼 연구실 분위기가 썰렁했다.

"저 임무 마치고 돌아왔는데, 축하 안 해 주세요?"

김하나 박사가 연수 곁으로 다가왔다.

"연수야, 일이 잘못됐어."

"네?"

연수는 심장이 멎는 느낌이었다.

"권기옥 비행사의 생애 후반기 자료가 다 사라졌어. 우리도 여기서 지켜보고 있었는데, 네가 귀환하는 사이에 데이터가 사라져 버렸다고."

"말도 안 돼요! 그게 왜 사라져요? 한국 최초 여성 비행사라고 인공지능 하나가 데이터베이스를 확인해 줬다고요."

김하나 박사가 말없이 대형 스크린을 가리켰다. 스크린 속 권기옥의 얼굴은 조금 전 연수가 만나고 온 것에서 멈춰 있었다. 1923년 운남항공학교 입학, 1924년 사망. 오로지 그 연도 표시뿐이었다. 연수는 울 것 같은 얼굴이 되었다.

"이게 어떻게 된 일일까요?"

김하나 박사도 모르겠다는 듯 고개를 저었다. 연수는 사망 연도를 보고 또 보았다. 문득 불길한 생각이 머리를 스치고 지나갔다. 연수는 하얗게 질려 김하나 박사를 돌아보았다.

"항공학교에 입학했는데 비행사가 되지 못했다는 거예요. 혹시 사고라도……?"

김하나 박사는 고개를 가로저었다.

"추측은 금물이야. 네가 돌아가서 알아보는 게 가장 정확해. 다시 가서 바로잡아. 지금으로선 그게 최선이야."

연수는 즉시 다시 돌아갈 준비를 했다. 기옥과 헤어졌던 항공학교. 거기서부터 단서를 찾아야 하리라.

*

눈앞에 항공학교 운동장이 펼쳐졌다. 계절이 여름으로 바뀌어 있었다. 기옥은 운동장을 힘껏 달려 사람들이 보이는 정비소 안으로 뛰어 들어갔다.

"저기요, 여기 입학한 여학생 혹시 아세요? 헉헉."

비행기 부품들을 늘어놓고 실습을 하던 학생들이 빙긋 웃었다.

"독립운동 하다가 망명한 한국인 여학생?"

"권기옥 말이구나? 우리 학교 유일한 여학생!"

"얼마나 열심인지 아무도 못 말리는 그 친구 얘기군!"

기옥의 존재는 학교에 짜하게 소문이 나 있는 것 같았다. 연수는 차마 입이 떨어지지 않지만 얼른 확인해야 했다.

"무, 무사한가요?"

학생들은 무슨 소리인가 하는 얼굴로 연수를 멀뚱히 보았다. 그중 하나가 학교 건물 쪽을 가리켰다.

"무사하지 않을 일이 있나? 아까 저리로 들어가는 걸 보았는데."

"어디요?"

"권기옥이 가는 데야 뻔하지, 뭐. 여기서 정비 기술 익히지 않으면 도서실에서 이론서들을 들이파고……."

그 말이 끝나기도 전에 연수는 고맙다는 인사를 남기고 도서실 쪽으로 날듯이 뛰어갔다. 연수는 인공지능 하나에게 우선 그 사실부터 다급하게 전했다.

'일단 현재까지는 나쁜 일이 없었던 것 같아!'

[당연히 그래야지. 사망 시기 이전으로 너를 보냈으니까.]

'아, 그렇구나.'

당연한 사실조차 연수는 다행스럽게 느껴졌다. 이제부터 연수 자신이 하기 나름인 것이다.

'기필코 막을 테야! 권기옥 비행사에게 나쁜 일이 생기지 않도록!'

연수가 기옥이 들어갔다는 건물 쪽으로 막 다가가고 있을 때였다. 웬 청년 넷이 운동장에서 체력 단련을 하는 학생 하나를 붙잡고 말을 걸고 있었다.

"이 학교에 다니는 여자 비행사 어디 있소?"

"조선 여자 말이오."

학생이 건물 안을 가리켰다. 청년들이 고개를 까딱하고는 건물 안으로 들어가려 몸을 돌렸다.

"헉!"

그중 하나가 낯이 익었다. 바로 지난번 연수가 임무를 끝냈다고 생각해 본부로 돌아가던 날 교문 앞에서 마주친 남자였다. 그날도 연수에게 항공학교에 입학한 여자가 있냐고 물었다. 기분 나쁜 예감이 들었다. 불길한 일은 이 남자한테서 비롯된 게 틀림없었다. 남자는 이번에는 혼자가 아니었다.

연수는 자기도 모르게 남자의 일행을 몰래 쫓았다. 그들은 조금 전까지 연수가 찾던 도서실로 들어가더니, 책꽂이 앞에 선 기옥과 무슨 말인가를 나누었다. 기옥의 곁에도 남학생 몇이 함께 서 있었다. 멀리서 초조하게 지켜보던 연수는 수상한 남자 일행이 사라지자마자 기옥에게로 다가갔다.

"언니!"

연수를 알아본 기옥의 얼굴이 환해졌다.

"이게 누구야?"

자초지종을 이야기할 새도 없었다.

"방금 그 사람, 누구예요?"

"아, 민이라는 사람과 친구들이래. 나더러 항공학교에 왜 입학했느냐고, 입학하려면 어떻게 해야 하느냐고 묻던걸. 아예 자세히 이야기할 시간을 내 달라며 숙소 주소까지 주고 갔어."

"그 사람들 좀 수상해요. 예전에도 저에게 언니의 행방을 물었어요."

연수는 기옥이 자신의 말을 믿지 않으면 어쩌나 걱정했지만, 뜻밖에도 기옥과 함께 있던 남학생들이 연수의 말에 힘을 실어 주었다.

"그것 봐, 기옥이 자네를 노리고 온 자들이 맞다니까."

"임시정부와 관계 있는 여학생이라는 소문이 저들 귀에 들어간 거야."

그들은 기옥과 같은 해에 입학한 한국인 청년 영무와 지일
이라고 했다. 기옥은 착잡한 얼굴로 동기들에게 부탁했다.

"그럼 자네들이 저들을 몰래 좀 따라가 봐 줘. 아무래도 정
말 수상하네."

연수도 얼른 끼어들었다.

"제가 얼굴을 알아요. 저도 함께 갈게요."

기옥은 잠자코 생각해 보더니 고개를 끄덕했다.

"조심해."

연수와 한국인 청년들은 교문 밖으로 나가는 민의 일행을
미행했다. 민 일행이 간 곳은 일본 영사관이었다. 영무와 지일
은 영사관 문 앞에서 분통을 터뜨렸다.

"저 안에서 무슨 소리를 주고받는지 들어 봐야 하는
데……."

"따라 들어갔다가 우리 신분이 밝혀지면 골치 아픈 일이 생
길 수도 있어."

연수는 저라면 상관없을 것 같았다.

"제가 들어가 볼게요. 누구 심부름 온 것처럼 둘러대면 되
지 않겠어요?"

걱정하는 영무와 지일을 안심시키고 연수는 영사관 입구
로 다가갔다. 골목에 버려진 싸구려 일본 잡지 하나를 챙겨
든 상태였다.

"무슨 일로 왔어?"

위병들이 연수를 의심스러운 눈초리로 보며 물었다. 연수는 옆구리에 낀 잡지를 가리키며 말했다.

"모리 오빠 때문에 귀찮아서 정말 못 살겠어요. 무슨 추첨 번호만 맞으면 황금 보따리가 들어온다나요? 빨리 맞춰 봐야 한다고 얼마나 성화인지. 금방 전해 주고 올게요. 바로 저 복도 방이거든요."

위병들은 타임글래스를 통해 나오는 연수의 유창한 일본어에 반색했다.

"일본인이군. 가족이 함께 와 있다니 부럽구먼. 얼른 전하고 나와."

"고마워요, 얼른 주고 나올게요!"

연수는 쾌활하게 웃으며 영사관 안으로 재빨리 뛰어 들어갔다. 그리고 민 일행이 들어간 방을 찾으려 타임글래스 헤드셋의 볼륨을 한껏 높이고 복도를 걸었다. 그때 한 곳에서 목소리가 들렸다.

"중국어가 유창하기는 해도 분명 조선 여자였어요. 동그란 안경을 쓰고 몸집은 자그마한데, 말랐지만 강단 있어 보이는 게……."

연수는 방문에 난 유리창을 통해 조심스럽게 안을 들여다보았다. 아까 본 민 일행이 틀림없었다. 다리를 꼬고 앉아 듣던 제복 차림의 일본인이 서랍에서 권총을 꺼내 그들에게 건

넀다.

"그년을 없애 버려. 조선에서 여기까지 예사 여자가 비행기 조종을 배우려고 왔을 리가 없어. 임시정부 놈들하고 작당해서 무슨 짓을 할지 몰라. 그 전에 싹을 잘라 버려야지."

연수는 '헉!' 소리가 나올 뻔한 걸 얼른 손으로 막았다. 그 바람에 잡지가 바닥에 툭 떨어졌다. 돌바닥에 잡지 떨어지는 소리가 바위 떨어지는 소리만큼 컸다.

"뭐야? 어이, 너 좀 나가 봐."

연수는 머리끝이 쭈뼛 섰다. 뛰어 달아날 틈이 전혀 없었다. 여기에서 '모리 오빠' 어쩌고 하는 말은 안 통할 게 분명했다. 연수가 어쩔 줄 모르고 얼어붙어 있는데, 하나가 다급히 길을 알려 주었다.

[왼쪽 문을 열면 비상계단이야!]

*

하나 덕분에 가까스로 위기를 벗어난 연수는 영사관 앞에서 기다리던 영무, 지일과 함께 학교로 돌아왔다. 그리고 자신이 보고 들은 것을 기옥에게 모두 말해 주었다.

"제가 왜 언니와 함께 입학하지 못했는지는 나중에 얘기할게요. 더 큰 문제가 있어요. 영사관의 일본인이 민이라는 사람 일행에게 권총을 줬어요. 언니를 없애 버리라면서……."

그 말에 모두 얼굴이 굳었다. 영무가 입을 열었다.

"역시, 정탐하러 온 게 틀림없었군. 항공학교에 한국 여성 독립운동가가 있다는 말 듣고 확인하려고."

"자네 얼굴을 보고 갔으니 없애러 오는 건 시간문제겠어."

동기들의 말에 기옥은 표정이 착잡해졌다. 영무와 지일이 심각하게 말을 주고받았다.

"그자를 붙잡아 사실대로 털어놓게 하세."

"털어놓으면? 용서를 빈다면 모를까, 잘못 없다고 버티면?"

"그자를 없애야지. 일제 앞잡이 놈들이 여기서 날뛰게 둘 수는 없어. 기옥 이 친구가 당장 어떻게 될지 몰라."

"……."

기옥은 깊은 한숨을 내쉬었다. 창공을 날며 조국 독립의 꿈을 키워 보려는 꿈이 꺾일 수 있는 상황이었다. 임시정부 역시 장차 한국 비행사의 어엿한 모범이 될 든든한 강철 날개 하나를 여기서 바로 잃어버릴 수도 있다. 조금도 방심하면 안 되는 독립운동의 대치 전선은 이곳에서도 예외가 아니었다.

"이분들 말이 맞아요. 그냥 두었다가는 언니 목숨이 위험해요. 비행사가 되려고 이제까지 갖은 고생을 했잖아요."

기옥은 한참 생각한 끝에 마침내 입을 열었다.

"그래, 담판을 짓자."

기옥은 민에게 심부름꾼을 보내 학교로 와 달라고 전했다.

그날 밤, 민은 혼자 나타났다. 근처 산으로 가서 얘기하자는 기옥을 선선히 따라 나섰다. 민은 산비탈 바위 뒤에서 기다리고 있던 기옥의 동기들에게 꼼짝없이 붙잡히고 말았다.

"뭐, 뭐야? 너희는!"

"너야말로 정체가 뭐야? 잔말 말고 똑바로 걸어."

기옥 일행과 연수는 민을 근처 공동묘지로 끌고 갔다. 예상대로 민의 안주머니에는 권총이 들어 있었다.

"사실대로 말해. 나한테 접근한 목적이 뭐야?"

기옥은 그 권총을 민의 이마에 겨누었다. 민이 입꼬리를 올리며 중얼거렸다.

"여자 따위가 독립운동이니 뭐니 하며 얌전히 굴지 않으니까 우리가 할 수 없이 이렇게 손봐 주러 다니는 거야. 알아?"

"닥쳐! 너희가 아무리 기를 쓰며 막아도 우리는 나라를 되찾고 말 거야. 일본은 우리한테서 손 떼고 당장 물러나라고 해!"

민이 낄낄 웃었다.

"우리 천황 폐하가 이미 넘어온 땅을 고분고분 도로 내놓는 바보인 줄 알아? 조선은 대일본제국의 영원한 식민지일 뿐이야! 그러니 너희 여자들은 영광된 제국의 신민으로서 온몸을 다해 충성할 다짐들을 하셔야지!"

총구가 불을 뿜었다. 민이 지껄이는 헛소리를 더 듣고 있을 이유가 없었다.

날이 밝자 당계요 독군이 기옥을 급히 불렀다. 연수가 힘을 보태려 따라나섰다.

"앞잡이 놈 하나를 날려 버렸다고? 일본 영사관에서 항공학교의 조선인 여학생을 내놓으라고 찾아왔어. 그러나 나는 항공학교에 조선인 여학생은 없다고 대답했네."

기옥과 연수는 놀라 독군을 바라보았다.

"후환 잘 없앴어!"

그제야 기옥이 조용히 말을 꺼냈다.

"독립운동 전선에 어떤 손실과 지장도 주고 싶지 않았습니다."

독군이 고개를 끄덕였다.

"그 결단력이면 앞으로 어떤 장애도 뚫고 나갈 수 있네."

문제를 일으켰다고 호통을 칠 줄 알았는데, 뜻밖에도 독군은 기옥을 다독여 주었다. 일본에 시달리는 중국의 처지가 한국과 크게 다르지 않다는 생각 때문인 것 같았다.

"하여간 학교는 벌집 쑤신 꼴이 됐어. 사태가 심각한 걸 알고는 있겠지?"

그 점에서라면 기옥도 더 할 말이 없었다. 당계요 독군은 비행사가 되어 일본에 맞서 싸우겠다는 기옥을 과감하게 믿어 준 사람이 아닌가.

"이 시간부터 학교 밖으로는 나가지 말도록! 학교 안에만 머물도록 해. 왜 그래야 하는지는 잘 알 테지?"

연수는 안심했다. 어차피 기옥이 학교 밖으로 나갔다가는 언제 목숨을 잃을지 알 수 없으니 말이다. 그나마 학교 안은 안전할 터였다. 하늘은 더 안전할 거 같았다. 기옥에게 하늘까지 금지하는 건 안 될 말이었다. 연수는 외람된 자리인 걸 알면서도 끼어들었다.

"저, 비행 훈련은 해도 괜찮지 않나요? 그것만은 언니를 막지 말아 주세요."

불만이 잔뜩 담긴 연수의 말에 기옥이 머리를 끄덕였다. 둘은 잠시나마 눈짓으로 마음을 주고받았다.

독군이 으하하 웃었다.

"자네들 참으로 못 말리는 여성들이네. 하늘로야 맘껏 솟구쳐 올라가 보든가 말든가."

마음껏 비행해도 좋다는 호탕한 승인이었다.

기옥은 장비실에 들어가 자신의 헬멧과 고글을 챙겼다. 동그란 고글 속에서 눈을 반짝이는 기옥을 보며 연수는 코끝이 찡해졌다. 바로 앞에 있는 사람. 이 사람이 바로 자신이 그토록 찾으려 애썼던 유물의 주인인 것이다.

"나 어때? 잘 어울려? 이렇게 중무장하니까 일등 비행사 같아? 앞으로 될 수 있겠어?"

연수는 엄지를 펴 보였다.

"언니는 이미 일등 비행사예요. 충분히!"

"자, 이제 나는 비행하러 가야겠다. 내가 모는 비행기가 얼마나 높다랗게 잘 날아가나 지켜봐 주려무나!"

연수는 벅찬 감정을 숨기지 않고 기옥을 똑바로 바라보았다. 그리고 기옥에게 다가가 힘껏 부둥켜안았다. 기옥이 영문도 모르고 멋쩍어하며 큰 소리로 웃었다. 기옥의 웃음소리는 누구보다도 우렁찼다.

"하하하! 비행 선물이 참으로 가슴 뜨거운걸."

연수는 만감이 어린 눈으로 기옥을 보며 물었다.

"언니, 공부 다 마치면 뭐 할 거예요?"

"당연히 비행사가 되어야지. 그리고 임시정부 청사로 곧장 달려갈 거야. 임정 어른들한테 말하려고. 비행기를 사 주십시오! 제가 몰고 가 조선 총독부를 폭파하겠습니다. 임정에 그럴 능력이 없으면 중국 항공대에 몸을 담고서라도 싸우겠습니다. 하늘에서 저는 조금도 약하지 않습니다!"

연수는 기옥이 틀림없이 그리하리라는 걸 잘 알고 있었다. 이제 이별할 시간이 되었다. 기옥은 연수를 힘차게 마주 안아 주었다.

"비행 잘하세요, 언니."

"알았어! 연수 너도 비행사의 꿈 꼭 이루길 바라. 다음에는 우리, 하늘에서 만나 같이 날자."

연수는 고개를 끄덕였다.

기옥은 비행장으로 뚜벅뚜벅 걸어 나가 훈련기에 탑승했다. 멀찍이 떨어져 기옥을 지켜보는 연수도 몸이 근질거렸다.

할 수만 있다면 기옥과 나란히 훈련기에 몸을 싣고 날아 보고
싶었다.

기옥을 태운 훈련기는 곧 날렵하게 높은 하늘로 솟구쳐 올
라갔다. 기옥과 한 몸인 쌍첩 훈련기는 이 순간 한 마리 새였
다. 앞이 잘 보이지 않는 조국의 미래를 뚫고 열어젖히러 날
아가는 젊은 매. 훈련기가 날개를 활짝 펼치고 창공을 나는
동안 기옥은 지상에서는 결코 느껴 보지 못한 무한한 자유의
공기를 마음껏 맛보았으리라. 식민지 국가의 여성을 짓누르
던 온갖 차별과 굴레를 마음껏 벗어던져 버렸으리라.

"언니……."

연수는 부신 눈을 애써 뜨며 하늘 높이 나는 기옥의 힘찬 날
갯짓을 한없이 벅찬 마음으로 올려다보았다. 여기가 어디인
지, 지금이 언제인지, 자신이 무엇을 하러 왔는지, 아무 생각
도 들지 않았다. 함께 호흡하며 느끼는 이 순간만이 중요했다.

"언니. 그래요, 마음껏 날아."

연수는 저도 모르게 또 한 번 중얼거렸다.

*

석실의 서늘한 공기가 다시 폐 속으로 밀려들었다. 연수는
어딘가 아릿하고 아쉬워 그 자리에 가만히 앉아 있었다. 김하
나 박사와 연구원들도 잠자코 기다려 주었다. 얼마나 시간이

지났을까. 이윽고 타임글래스를 벗은 연수가 연구진을 돌아보았다.

고글이 누구 것인지를 다시 거론할 필요는 없었다. 연구원들이 이 시간 여행을 지켜보았으니까. 이 기록은 이제 누구도 훼손할 수 없었다. 연수가 타임셋에 '권기옥'을 입력했다.

[일치.]

김하나 박사가 연수에게 다가가 어깨를 감싸 안아 주었다.

"수고했어. 멋지게 잘 해냈어. 덕분에 우리가 진실 하나를 되찾은 거야."

연락을 받은 나선형 박사가 황급히 뛰어오고 있었다. 부정확한 채로 기록하려던 역사의 한 단락을 이제 바로잡아야 한다. 어쩌면 이 한 단락만이 아니라, 또 한 단락, 또 한 단락…… 역사 전체를 완전히 다시 써야 할지도 모른다. 박사는 자신이 지금껏 믿고 싶은 대로만 믿어 온 게 문제였던 건 아닌지, 이 세계를 모조리 뒤집어 다시 보아야 하는 건 아닌지, 심란한 근심과 예감에 휩싸이고 있었다.

나라를 빼앗긴 암울한 시대. 날개 달린 신기한 물체가 하늘로 솟구쳐
올라 마음껏 창공을 누비는 걸 난생처음 본 이 땅의 젊은이들은 무슨
생각을 했을까. 자신 역시 땅을 박차고 높디높은 하늘로 자유롭게 날
아올라 보고 싶지 않았을까.
열일곱 살 권기옥 선생은 그날 마음에 큰 꿈을 품는다. 자신도 비행
사가 되고 싶다고. 반드시 비행사가 되어 독립군 비행기를 몰고 싶다
고…….

선생은 우리나라의 여성 1호 비행사로서 일제 강점기 여성 인물 가운
데서도 손에 꼽을 만큼 주체적이며 능동적인 삶을 살았다. 숭의여학교
학생으로 만세 시위에 참여한 뒤 독립운동을 이어 가다 옥고를 치르고
활동이 제약되자 중국으로 망명한다. 그곳에서 임시정부 인사들의 도
움을 받으며 다시 공부해 인성학교 교사로 활동한다.

때마침 임시정부에서 독립운동을 더 활발하게 일으키기 위해서는 비행기가 필요하고 비행사도 양성해야 한다는 목소리가 나오기 시작한다. 선생이 바라 마지않던 일이었다. 선생은 자신도 꼭 비행사가 되고 싶다는 포부를 밝히고, 임시정부의 추천을 받아 1923년 12월 마침내 운남항공학교에 입학한다. 남자들뿐인 항공학교에서 선생은 혹독한 훈련을 견뎌 내고 훈련 비행 아홉 시간 만에 단독 비행을 허락받는 등 두각을 나타낸다.

1925년 운남항공학교를 1기로 졸업하고 중국 공군으로 복무를 시작한 선생은, 우리나라 최초는 물론 동양 최초의 여성 비행사였다. 해방 후인 1949년에는 한국으로 돌아와 대한민국 공군 창설에 기여하고, 올바른 역사를 남기려 <한국 연감>을 자비로 발행한다. 1977년에는 건국훈장 독립장에 추서되었다.

뛰어난 실력으로 국가에 큰 기여를 하고도, 주변인으로 남기 쉬웠던 과거 여성들의 삶과 견주어 볼 때, 권기옥 선생은 그것이 결코 당연한 것이 아니었음을 항변하고 입증해 준다. 여자는 비행사가 될 수 없다는 말을 당연히 여기던 시대. 선생은 그 금기의 벽을 후련하게 깨 버렸다. 세상이 불가능하다고 말하는 것을 가능하게 하는 사람. 신념으로 다른 이를 설득해 함께 꿈꾸게 하는 사람. 꿈을 현실로 이루어 낸 선생의 씩씩한 모습에서 오늘을 사는 힘을 얻는다. 당당하고 멋진 미래를 그려 가는 모든 이들이 권기옥 선생을 만나 보기를 바란다.

임어진

마트료시카

정명섭

타임셋에 놓인 마트료시카 위로 각종 센서가 스쳐 지나갔다. 그 모습을 지켜보던 서준은 자신의 온몸에 부착된 센서가 작동되자 가볍게 몸을 떨었다. 김하나 박사가 걱정스러운 표정으로 물었다.

"괜찮니?"

"네."

서준이 심호흡을 하며 애써 미소 짓자, 김하나 박사가 대기 중인 연구원을 향해 고개를 끄덕였다. 연구원이 은색으로 된 케이스를 가져왔다. 홍채 인식으로 케이스의 잠금 장치를 풀자 복잡한 전선과 X자 모양의 렌즈, 냉각 장치들이 부착된 타임글래스가 모습을 드러냈다.

"다른 아이들 것과 좀 다르네요."

서준의 물음에 김하나 박사가 타임글래스를 조심스럽게 꺼내며 설명했다.

"인공지능과의 소통을 대화 모드로 요청했다지?"

"네."

"요청대로 설정한 타임글래스야. 이 모드에서는 유물의 주인일 가능성이 높은 사람이 나타나도, 타임글래스에 불빛이 표시되지 않아. 그건 알고 있지?"

"네, 알고 있어요."

"왜 간단한 방법을 택하지 않은 거니?"

"저는 아마 타임글래스가 정답을 알려 줘도 의심할 테니까요. 그러느니 토론하면서 천천히 찾는 게 훨씬 가치 있을 것 같아요."

김하나 박사는 고개를 절레절레 저으며 타임글래스를 서준에게 건넸다.

"왜 마트료시카를 골랐지?"

"만약 박물관의 추측대로 이 유물의 주인이 김단야라면……만나서 물어보고 싶은 게 있어서요."

"그게 뭔데?"

김하나 박사의 물음에 서준이 씨익 웃었다.

"세상을 바꾸고 싶은 사람들끼리만 아는 게 있어요."

"그래. 역사에 개입하지 않는 선에서, 대답을 들을 수 있기를 바랄게."

타임글래스를 쓰자 어둠이 찾아왔다. 잠시 후 기계음이 들리며, 멀리서 흰 빛이 다가와 시야를 가득 채웠다. 화면 왼쪽 상단에 '1901'이라는 네 자리 숫자가 나타났다. 서준이 중얼거렸다.

"김단야가 태어난 연도군."

그때 빛 속에서 딱딱한 목소리가 들려왔다.

[만나서 반갑습니다.]

"누, 누구세요?"

놀란 서준의 물음에 목소리가 대답했다.

[저는 타임글래스에 장착된 인공지능 SD-4321입니다. 당신의 타임슬립을 도와 드리겠습니다.]

"고, 고마워요. 그나저나 같이 여행하며 부르기엔 이름이 너무 기네요."

[초기 설정 그대로이기 때문입니다. 시간 여행자가 새로운 이름을 입력할 수 있습니다.]

잠시 고민하던 서준이 대답했다.

"김알렉산드라로 할게요."

[음성 입력 완료. 이 이름을 선택하신 이유는 무엇인가요?]

"이번 임무와 관련이 큰 인물이거든요. 시베리아에서 활동하던 고려인 사회주의 운동가예요."

[알겠습니다.]

"서로 반말을 쓰면 어때요? 그게 편할 것 같은데."

[알겠습니다. 앞으로 반말로 할게.]

김알렉산드라의 대답에 피식 웃은 서준이 말했다.

"좋아. 이제부터 우리는 한국독립운동사박물관에 소장 중인 마트료시카의 주인이 누구인지 확인하러 가는 거야."

화면에 마트료시카의 모습이 나타났다.

[주인은 김단야 아니야?]

"왜 그렇게 생각해?"

[제일 안쪽에 있는 마트료시카 바닥에 암호가 적혀 있는데 그게 김단야가 신문사에서 일하며 얻은 기밀을 항일 비밀 결사대에 전달하는 데 쓴 암호라고 알려져 있잖아. 학계의 98퍼센트, 일반 시민의 81퍼센트가 그렇게 알고 있어.]

서준이 고개를 끄덕이며 말했다.

"대부분은 그렇게 생각하지. 하지만 소수의 반론과 의문점도 존재해서 말이야."

[어떤 의문?]

"박물관에서 소장 중인 마트료시카의 형태와 거기에 칠해진 염료가 1920년대 후반 블라디보스토크에서 만들어진 것과 비슷하다는 의문이지. 그런데 김단야는 블라디보스토크에 간 적이 없어."

[정말? 나도 자료를 즉시 조회해 볼게.]

알렉산드라의 말과 함께 김단야에 대한 정보가 눈앞에 나타났다.

　[1919년 고향 김천에서 3·1 만세 운동을 주도하다가 체포
되었고, 출옥 후에 상해로 망명, 1922년 모스크바에서 열린
극동인민대표회의 참가…… 일본의 밀정이라는 누명을 쓰고
체포되어 1938년 사형. 블라디보스토크에 간 기록은 정말 없
네. 역시 사회주의청소년동맹 의장답군.]

　알렉산드라가 사뭇 감탄한 어조로 말했다.

　[블라디보스토크에 갔지만 기록이 없거나, 아니면 모스크
바에 갔을 때 누군가로부터 받았겠구나.]

　서준이 고개를 끄덕였다.

　"그거야. 그래서 일단 마트료시카에 쓰인 염료의 연대와 마
트료시카에 남아 있는 주인의 흔적, 그리고 김단야의 모스크
바 체류 시기를 모두 타임존 메인 컴퓨터에 입력해 달라고 했
어. 만약 김단야가 마트료시카의 주인이라면, 우리는 마트료
시카가 그의 손에 들어가는 장면을 확인할 수 있을 거야."

　알렉산드라가 카운트를 시작했다.

　[좋아, 본부도 준비가 된 모양이야. 4, 3, 2, 1…….]

　화면 왼쪽 상단의 숫자가 점점 올라가더니 1928에 멈췄다.
서준이 당황한 목소리로 외쳤다.

　"1928년? 1922년이 아니라? 그런데 소리가 왜 이래? 이러
다 터지는 거 아니야?"

마치 하늘에서 땅바닥으로 떨어지는 것 같은 느낌에 서준은 비명을 질렀다.

"아악! 살려 줘!"

[타임슬립 과정에서 스펙트럼 효과가 발생한 모양이야. 괜찮으니까 걱정 마.]

알렉산드라의 대답에 머쓱해진 서준이 주변을 돌아봤다. 추운 지방답게 땅에는 눈이 쌓여 있고, 기온이 낮아서 온몸이 떨렸다. 고개를 돌려 주변을 보자 유럽식 석조 건축물들이 눈에 들어왔다. 거리에는 서양인들과 동양인들이 섞여서 걷고 있었다.

"여긴 어디지?"

[1928년 11월 7일 오후 1시, 러시아 블라디보스토크.]

"지금 저 사람들한테 나는 어떻게 보이는 거야?"

화면 한쪽에 서준 자신의 모습이 보였다. '우샨카'라는 러시아 털모자와 두툼한 코트 차림이었다.

[블라디보스토크에는 조선인들이 모여 사는 신한촌이라는 곳이 있었어. 이들에게는 신한촌의 조선인 소년으로 보일 거야. 이름도 정해 둬야겠지? 아주 평범한 이름 가운데 '니콜라이'를 추천할게.]

"러시아 땅에서 조선인으로 설정하면 눈에 띄지 않을까?"

[1920년대에서 30년대 사이에 블라디보스토크에 거주한 사람의 상당수는 중국인과 조선인이야. 그리고 접촉하게 될 사람 역시 조선인이니까 조선인으로 설정하는 게 좋잖아. 오히려 네가 지금 그렇게 소리 내서 중얼거리는 게 더 눈에 띌 걸. 타임글래스는 뇌파로 대화가 가능하니까, 꼭 목소리를 쓰지는 않아도 돼.]

'아, 그럴게.'

[자, 이제 어디로 갈 거야?]

'무작정 김단야가 나타날 때까지 기다릴 순 없지. 일단 마트료시카를 팔 만한 곳을 검색해 줘.'

[개선문과 포크롭스키정교회 성당 사이에 네르친스크 거리가 있어. 그곳에 있는 시장이 신한촌과 가장 가까워.]

타임글래스 화면 한쪽에 내비게이션이 나타났다.

[아르바트 거리를 지나면 개선문이 보일 거야. 거기서 오른쪽 분수대 뒤편 골목으로 들어가 직진하면 네르친스크 거리야.]

서준은 내비게이션 안내를 따라 빠르게 걸으면서도, 골목을 돌 때마다 보이는 화려한 건물에 입을 다물지 못했다. 알렉산드라가 친절하게 설명했다.

[저 건물은 블라디보스토크에서 가장 오래된 굼 백화점으로 1884년에 지어졌어. 독일 기업가인 쿤스트와 알베르스가 지어서 쿤스트와 알베르스 무역관으로 불렸지. 나중에 소련

정부가 인수해서 국영 백화점으로 바꿨어.]

개선문은 폭격이라도 맞은 것처럼 산산조각 난 상태였다.

'저긴 왜 저래?'

[네가 아는 개선문은 2003년에 다시 만든 거야. 개선문은 우리가 존재하는 지금으로부터 약 17개월 전인 1927년 6월에 폭파되었어.]

이런저런 건축물에 시선을 빼앗긴 채 한참을 걷자, 드디어 물건을 사고 파는 사람들이 모인 시장 초입에 다다랐다.

[화면에 나온 루트 끝에 있는 붉은 점으로 가.]

서준은 사람들을 헤치고 시장 안으로 들어갔다.

"앗! 저기다!"

서준은 오가는 사람들 사이에서 마트료시카가 잔뜩 놓인 진열장을 발견했다. 그곳으로 다가가려는데, 갑자기 연거푸 총성이 들렸다. 사방에서 비명소리가 들리고, 사람들이 도망치거나 바닥에 엎드렸다. 서준은 가로등 뒤에 몸을 숨겼다. 마트료시카 상점에서 검은색 털모자를 쓴 동양인이 뛰쳐나왔다. 다급한 표정의 그가 군중들 사이로 뛰어든 직후, 상점에서 양복 차림의 동양인 둘이 뛰어나왔다. 둘 다 권총을 든 채 주변을 두리번거렸다. 그때 털모자 남자가 황급히 서준이 있는 쪽으로 달려왔다.

'저 사람이 김단야일까?'

[어림없는 소리야. 외모 일치율 23퍼센트.]

'변장했을 수도 있잖아!'

초조해진 서준이 버럭 화를 내는 찰나, 검은 털모자가 곁을 스쳐 지나갔다. 양복 차림의 동양인들이 권총을 겨누며 쫓아왔다. 한 사람은 곰 같은 덩치이고, 다른 하나는 콧수염이 난 남자였다. 서준은 뜻밖의 추격전을 멍한 눈으로 바라봤다. 콧수염 남자가 뭐라고 외치면서 방아쇠를 당겼다. 몇 번의 총성이 울리고 갑자기 가슴에 큰 충격이 느껴지면서 온몸이 나른해졌다.

"왜, 왜 이래?"

서준은 시선을 아래로 내렸다. 코트 가슴 부분에 붉은 피가 번지는 게 보였다. 눈앞이 어두워지고, 서준은 정신을 잃었다.

*

"난 지금 어떤 상태야?"

[지금 네 상태를 설명해 봐.]

"아무것도 안 보여. 어둠 속에 둥둥 떠 있는 것 같은 느낌이야. 뒷머리가 좀 당기는 것 같고."

[의식에는 문제가 없군. 물리적인 충격으로 타임슬립을 급하게 중단하면서 균형 감각에 좀 문제가 생겼어. 두통은 조금 지나면 괜찮아질 거야.]

"다시 돌아갈 수 있는 거지?"

힘들게 테스트를 통과해서 과거로 왔는데 허무하게 실패하는 게 아닌지 겁이 났다. 알렉산드라가 서준을 안심시켰다.

[타임존 메인 컴퓨터가 다시 타임슬립을 준비하고 있어.]

서준이 가볍게 한숨을 쉬자 알렉산드라가 반응을 보였다.

[심장 박동과 맥박이 정상으로 돌아왔군. 다시 떠날 준비됐어?]

"응."

[다시 타임슬립 개시. 4, 3, 2, 1······.]

＊

하늘에서 눈이 내리고 있었다. 고개를 든 서준은 얼굴에 묻은 눈을 털어 내면서 중얼거렸다.

"그 마트료시카 상점 앞이네."

[지난번 사건으로부터 4일이 지났어.]

서준은 주변을 살폈다. 총격전이 오갈 만한 상황은 아닌 것 같았다. 조심스럽게 상점 안으로 들어선 서준은 끝없이 진열된 마트료시카를 보고 살짝 겁을 먹었다.

'너무 많으니까 좀 으스스한데. 러시아 사람들은 마트료시카를 왜 좋아하는 거지? 오래된 전통이라서?'

[아니, 이 시기를 기준으로 하면 마트료시카는 그렇게 오래되지 않았어. 1890년에 러시아의 어린이책 삽화가 세르게

이 말류틴이 '후쿠로쿠주'라는 일본 목각 인형을 보고 러시아 정서에 맞춰서 비슷하게 만든 게 시작이니까.]

'일본 인형이랑은 뭐가 다른데?'

[후쿠로쿠주는 복을 가져다주는 할아버지 그림인데 마트료시카에는 러시아 전통 의상을 입은 여성이 그려졌어. 이름도 러시아에서 여성 이름으로 많이 쓰이는 '마트료나'에서 유래했고.]

후쿠로쿠주와 마트료시카가 타임글래스 화면 한쪽에 나란히 등장했다.

'비슷하면서 다르네.'

[마트료시카는 주로 여성, 그중에서도 어머니로 그려지고 제일 안에는 아이가 들어 있어. 어머니가 아이를 품은 형태지. 지역별로 그리는 방식, 모양이 달라.]

그러고 보니까 똑같이 생긴 것이 하나도 없었다. 서준은 잠시 임무를 잊고 마트료시카 구경에 정신이 팔렸다. 그때 상점 벽면의 거울에 누군가의 모습이 스쳤다. 검은색 털모자에 코트 차림을 한 동양인이었다. 알렉산드라도 그를 발견하고 서준에게 말했다.

[지난번 총격 때 도망친 그 사람이야.]

서준은 마트료시카를 구경하는 척하면서 조심스럽게 검은색 털모자의 뒤를 따랐다.

'왜 여기에 다시 왔을까?'

[난 데이터에 근거한 추측만 가능해. 지난번에 저 사람을 공격한 자들의 신원을 방금 타임존 데이터베이스에서 찾았어.]

화면에 두 동양인의 정보가 나타났다.

'일본 영사관 경찰 영사 하세가와 모가미, 나카모토 신스케? 외교관이 남의 나라 땅에서 총질을 한 거야?'

[일단 경찰 영사는 사법권을 가질 수 있었어. 만약 검은색 털모자가 조선인이라면, 저들은 여기서 그를 체포할 수도 있지. 조선인은 지금 법적으로 일본인이거든.]

갑자기 검은색 털모자가 시야에서 사라졌다. 알렉산드라의 말에 기막혀하던 서준은 때마침 상점에 들어온 한 무리의 러시아인들 때문에 그를 놓치고 말았다. 서둘러 밖으로 나와 주변을 둘러봤지만 그는 이미 어디론가 사라진 뒤였다. 낙담한 서준이 물었다.

'그 사람 신원은?'

[데이터베이스엔 없어.]

'독립운동가도 아니란 말이야? 내가 추적의 방향을 잘못 잡은 건가.'

그때 서준의 어깨에 누군가 손을 얹었다. 깜짝 놀라 고개를 돌리자 넓은 이마와 동그란 눈을 가진 젊은 동양 여인이 보였다. 출산이 임박한 듯 잔뜩 배가 부른 임신부였다.

"조선 사람이니?"

그녀의 물음에 서준은 얼떨결에 대답했다.

"네."

"그럴 줄 알았어. 부탁이 하나 있는데 들어줄래?"

"뭐, 뭔데요?"

그녀는 주변을 살피더니 주머니에서 동전 몇 개를 꺼냈다.

"방금 네가 나온 상점에서 마트료시카 하나만 사다 줄래? 잔돈은 네가 가져."

"가까운데 직접 가지 그러세요?"

유물의 주인일지도 모르는 인물을 놓친 탓에 마음이 급해진 서준이 퉁명스럽게 말하자, 그녀는 봉긋한 배를 쓰다듬으며 대답했다.

"지금 걷기가 너무 힘들어서 말이야. 부탁한다."

간절한 눈빛에 서준은 고개를 끄덕이고 말았다.

다시 상점으로 들어가 마트료시카를 하나 집었다. 아무 생각 없이 집었는데, 찬찬히 살펴보니 한국독립운동사박물관에 남겨진 것과 똑같은 모양이었다. 살짝 전율이 일었다. 마음을 가다듬고 값을 치르고 나오는데 지난번 총을 쐈던 일본 경찰들이 보였다. 서준은 짐짓 태연한 표정으로 걸음을 옮겼다. 다행히 일본 경찰들도 어른들만 신경을 쓰느라 서준에게 눈길을 주지 않았다. 서준은 최대한 태연하게 여인이 기다리는 곳으로 걸어갔다. 하지만 그녀의 모습은 보이지 않았다. 당황한 서준이 한 손에 마트료시카를 든 채 주변을 두리번거렸다. 그때 알렉산드라가 외쳤다.

[어서 피해!]

무슨 일인지 묻기도 전에 서준은 억센 손아귀에 목덜미를 잡혔다. 나카모토 신스케였다.

"지난번에 내 총에 맞고 쓰러진 걸 봤는데 어떻게 이렇게 멀쩡한 거야?"

서준이 급히 주변을 둘러보았지만, 사람들은 무심한 표정으로 걸어갈 뿐이었다. 그때 맞은편 골목 가로등 뒤에 그 여인이 보였다. 서준은 그녀를 향해 고개를 저었다. 머뭇거리던 그녀가 갑자기 서준과 나카모토 쪽으로 다가오며 노래를 부르기 시작했다.

Вставай, проклятьем заклеймённый

Весь мир голодных и рабов!

Кипит наш разум возмущённый

И в смертный бой вести готов

일어나라, 저주받을 낙인이 찍힌

전 세계의 굶주린 이들과 노예들이여!

격분한 우리의 정신이 끓어올라

생사를 건 투쟁으로 인도할 각오가 되었노라[*]

---

[*] 인터내셔널가. 프랑스에서 만들어져 전 세계로 퍼져 나간, 사회주의 전통을 상징하는 노래.

만삭의 동양 여인이 러시아어로 유창하게 노래하자 러시아인들이 발걸음을 멈췄다. 놀란 것은 그들만이 아니었다. 아름답고 힘 있는 목소리에 나카모토조차도 손에 힘을 풀고, 그녀를 바라보았다. 노래를 멈추지 않으며 그녀가 의미심장한 눈으로 서준을 바라봤다. 서준은 재빨리 정신을 차리고 나카모토의 손에서 벗어나 그녀의 곁에 섰다. 그리고 쓰고 있던 모자를 벗어 들며 최대한 불쌍한 표정을 지었다. 맨 앞에 서 있던 덩치 큰 러시아인이 두 사람의 발치에 동전을 던졌다. 그를 시작으로 여인과 서준을 둘러싸는 러시아인들이 점점 더 많아졌다. 눈치를 살피던 나카모토는 곧 모습을 감추었다. 그의 모습이 완전히 사라지자, 여인은 노래를 멈추고 서준에게 기대어 힘겹게 숨을 골랐다. 서준이 얼른 그녀를 부축했다.

"괜찮으세요?"

"응, 괜찮아. 배가 불러 오면 가만히 서 있어도 숨이 찬데, 오랜만에 노래를 했더니 어지러워서 말이야."

"고마워요. 도와주지 않았으면 큰일 날 뻔했어요."

"내 부탁을 들어주다 곤경에 처한 건데 당연히 힘내야지."

"여기 마트료시카요."

그녀는 들고 있던 작은 가방에 마트료시카를 넣었다. 그리고 창백한 얼굴로 인사했다.

"고맙다."

작별 인사를 남기고 여인은 돌아섰다. 하지만 쓰러질 듯 비틀거리는 뒷모습에 서준이 참지 못하고 불러 세웠다.

"저, 어디까지 가시는지 모르겠지만 제가 도와 드릴게요."

"이렇게 신세 지는 건 미안한데."

"만국의 동지들은 단결해야 하잖아요. 어디까지 가세요?"

"기차역. 거기서 모스크바로 가는 시베리아 횡단 기차를 타야 해."

서준의 시선이 자신도 모르게 그녀의 부푼 배로 가 닿았다. 그녀는 서준의 속마음을 읽은 듯 웃으며 말했다.

"나는 반드시 가야 해."

결의에 찬 모습에 서준은 아무 말 없이 마트료시카가 든 가방을 받아 들고, 그녀에게 한 팔을 내주었다.

"알겠어요."

서준의 팔에 몸을 기대며 그녀가 빙긋 웃었다.

"그럼 부탁할게. 넌 이름이 뭐니?"

"니콜라이 한이에요."

"나는 코레예바라고 불러. '조선에서 온 여인'이라는 뜻이야. 러시아에서 살게 되면 쓰라고 남편이 지어 준 이름이지. 넌 여기서 태어났니?"

서준은 아까 알렉산드라와 말을 맞추었던 기억을 더듬으며 대답했다.

"신한촌에서 태어나고 자랐어요. 코레예바는 조선에서 태어났어요?"

"응, 함흥이라는 곳 알아?"

"이름만 들어 봤어요."

"거기에서 태어났고, 경성으로 유학을 갔다가 함흥으로 돌아가서 만세 운동에 참가했지. 기미년 만세 운동에 대해서는 들어 봤지?"

"그럼요! 만세 운동에 참여한 사람은 처음 봐요."

드디어 독립운동가에 대한 정보를 들을 수 있으리라는 생각에 서준이 들뜬 목소리로 답하자, 코레예바의 눈초리가 가늘어졌다.

"그해에 신한촌에서도 만세를 불렀다고 들었는데?"

서준의 얼굴이 당황으로 물들자, 잠자코 있던 알렉산드라가 나직하게 힌트를 주었다.

[만세 운동은 지금 기준으로 구 년 전이야.]

서준은 밝게 웃으며 코레예바에게 대답했다.

"그때 전 아홉 살이었거든요. 너무 어려서 아버지가 저를 데리고 피신하셨어요. 그래서 그때 얘기가 늘 궁금했어요."

코레예바가 고개를 끄덕였다.

"그래, 그럴 만하구나. 만세 운동을 하다가 왜놈들에게 체포되었을 때, 난 열여덟 살이었어. 지금 네 나이로구나."

기차역 쪽으로 찬찬히 걸으며 코레예바가 슬며시 미소를 지었다. 서준은 그녀에게 눈을 떼지 않으며 알렉산드라와 대화를 나눴다.

'평범한 사람은 아니야. 거기다 이 마트료시카, 타임셋의 유물과 똑같이 생겼어.'

[너도 알다시피 그 마트료시카에는 오른쪽으로 2센티미터 정도 팬 흔적이 있어.]

'알아. 그런데 만약 이걸 김단야에게 전해 준다면? 흠집은 그 이후에 생겼을 수도 있어.'

[그는 블라디보스토크에 온 적이 없다며.]

'코레예바가 모스크바로 가는 기차를 탄다잖아. 충분히 가능성이 있어.'

[모스크바로 따라갈 생각은 아니지? 타임슬립 중에 미리 설정된 공간 밖으로 나가는 건 위험해. 테스트해 보았던 거리 이상을 벗어나면 타임글래스로도 귀환이 안 될 수 있으니까.]

실망한 서준이 한숨을 쉬자, 알렉산드라가 덧붙였다.

[마트료시카를 김단야에게 줄 거라는 증거를 잡으면, 증명은 가능하겠지.]

알렉산드라와 얘기를 나누느라 침묵을 지키는 서준에게 코레예바가 물었다.

"왜 말이 없니?"

"그냥, 제 나이에 만세를 부르셨다니까 신기해서요."

서준이 둘러대자 코레예바가 즐거운 듯 말했다.

"더 신기한 이야기도 많지. 어디서부터 시작할까? 만세 운동을 하다 왜놈들에게 체포되는 바람에 퇴학당한 이야기? 아니면 상해 유학 때부터 들려줄까?"

"상해에도 갔어요?"

서준의 물음에 그녀가 힘차게 고개를 끄덕이다, 허리께가 아픈지 얼굴을 찌푸렸다.

"전 신한촌을 벗어나 본 적이 없어요. 코레예바는 여자의 몸으로 정말 대단하네요."

서준이 추켜세우자 코레예바는 단번에 쓴웃음을 지었다.

"너도 똑같구나. 내가 상해에 간다고 했을 때도, 단발을 했을 때도 모두가 그렇게 말했지. 여성이 머리를 자르고, 조선 밖으로 나오는 게 그렇게 놀랄 일이라니."

"상해에서는 임시정부에 합류했어요?"

그녀가 살짝 놀란 표정으로 대답했다.

"임시정부도 알고 있는 걸 보니 보통 아이가 아니구나. 난 그냥 음악을 공부했어."

서준이 의아하다는 눈빛으로 바라보자 코레예바가 고개를 끄덕거렸다.

"처음에는 그게 다였어. 하지만 상해에서 조국 독립의 꿈을 가진 젊은이들을 많이 만났지. 그들과 가깝게 지낼수록 나는 조선을 독립시키는 것만으로는 내가 자유로워질 수 없다는 걸 깨달았어."

"그게 무슨 뜻이에요?"

"차별이 왜 무서운지 알아?"

서준이 고개를 젓자 코레예바가 가볍게 한숨을 쉬었다.

"사람을 약하게 만들기 때문이야. 차별 받는 것에 익숙해지면 포기하게 되고, 포기하면 복종하는 것에 익숙해져 버리지. 그리고 스스로 복종할 이유를 찾으면서 그 자리에서 멈추고 고개를 숙이게 되어 있어. 나는 이해할 수 없었어."

"무엇을요?"

그때 두 사람은 길거리에서 들려오는 소리에 발걸음을 멈췄다. 한 중년 여인이 사람들에게 무어라 애원하고 있었다. 옷차림을 보아 구걸하는 것 같지는 않았다. 코레예바가 먼저 말했다.

"가 보자."

"우린 지금 갈 길이 멀어요."

조급한 마음에 말려 보았지만 코레예바는 이미 여인에게로 걸음을 옮기고 있었다.

"서로 도와야지. 그게 혁명의 시작이야."

코레예바가 다가가자 중년 여인이 눈물을 흘리며 말을 걸어왔다. 손에는 구겨진 종이가 들려 있었다. 그걸 받아 든 코레예바가 몇 마디 묻자 여인이 말을 쏟아 냈다.

'근처에 위험이 없는지 확인해 줘.'

서준은 알렉산드라에게 경계를 지시하고 코레예바에게 다가갔다.

"무슨 일이에요?"

"자기 아들이 억울하게 감옥에 갇혀서 탄원서를 내려고 하는데 러시아어를 쓸 줄 모른대. 그래서 지나가는 사람에게 부탁한 거야."

"러시아어도 할 줄 아세요?"

"오기 전에 배웠어. 잘하진 못해."

한쪽 눈을 찡긋거리며 대답한 코레예바가 아예 자리를 잡고 탄원서를 써 주기 시작했다. 서준은 한 걸음 물러서서 알렉산드라와 대화를 나누었다.

'코레예바가 3·1 만세 운동이 끝나고 상해로 가서 학교를 다닌 적이 있다고 했지? 김단야도 비슷한 시기에 상해로 망명했어. 이후에 모스크바로 옮겨 갔지.'

[맞아. 데이터베이스와 일치해.]

'코레예바는 모스크바에 있는 김단야에게 주려고 마트료시카를 산 게 분명해. 일단 기차역까지 가면서 이것저것 캐내 볼게. 코레예바와 유물의 관련 가능성을 계속 확인해 줘.'

서준이 말을 마쳤을 때, 러시아 여인에게 탄원서를 건네준 코레예바가 서준 쪽으로 돌아섰다. 그런데 표정이 가벼워 보이지 않았다.

"왜 그러세요?"

"여성이라는 이유로 교육 받을 기회를 주지 않으면 저렇게 불이익을 당하게 돼. 글을 배우지 못하면 사회적으로 당당하게 활동할 수 없지. 교육 받지 못하면 구할 수 있는 직업에도,

받는 임금에도 한계가 있어."

성별에 따른 불평등에 대해서는 서준도 역사 시간에 배운 적이 있다. 하지만 양성 평등을 외친 여성들은 2000년대에 활발히 활동한 줄 알았는데, 1900년대 여성인 코레예바의 분노는 놀랍게 느껴졌다.

"조선은 더 심하지. 여성이라는 이유로! 아무리 똑똑해도 공부할 수 없고, 똑같이 공부해도 같은 기회가 주어지지 않아. 난 그걸 납득할 수 없어. 여성도 동등한 인간으로 존중받는 세상을 만들려면 오직 투쟁하는 수밖에 없다고 생각했어. 여성을 해방시키려면 그 전에 먼저 조선을 해방시켜야 하고 말이야."

서준은 깜짝 놀라 되물었다.

"조선의 독립을 위해서 만세를 부른 게 아니라는 건가요?"

"내가 만들고 싶은 세상은 모든 사람이 평등한 세상이야. 왕족이나 양반이라는 이유로 평민을 억압하거나, 부자라는 이유로 가난한 사람을 억압하거나, 혹은 일본처럼 고작 힘이 세다는 이유로 조선을 착취해서는 안 된다는 뜻이야. 조선 독립은 평등한 세상을 만들기 위해 가장 먼저 이뤄야 할 일이지. 그래야 여성이라는 이유로 차별 받는 일이 없어지지 않겠니? 내가 조선여성동우회를 만든 것도 바로 그 때문이라고."

"조선여성동우회요?"

"경성에서 나와 동지들이 만든 단체야. 여성들도 일한 만큼 돈을 받고, 여성들이 일해 번 돈을 스스로 사용해야 한다고 선전하고 교육했지. 그때 얼마나 난리가 났는지 아니?"

그때의 일을 떠올리는 그녀의 눈빛이 생기로 가득했다.

"처음에는 발기인들밖에 없었지. 강연회도 하고, 선전 활동을 열심히 하니까 회원들이 많이 늘어났어. 그런데 보는 눈이 곱지 않았어. 여성들끼리 모여 단체를 만들었다는 것부터 천지개벽할 일이라는 거야. 나와 내 친구들이 머릴 잘랐더니 더 떠들썩해졌지. 고작 단발머리에 온 경성이 들썩였다니까."

"그런데 왜 상해로 간 거예요?"

"공산당을 조직한 게 발각되어서 말이야."

그녀가 대답하는 사이, 알렉산드라가 조선여성동우회 회원들의 이름을 화면에 띄웠다.

[박원희, 정종명, 김필애, 정칠성, 김현제, 홍순경, 오수덕, 고원섭, 우봉운, 지정신, 주세죽, 김성삼, 허정숙, 이춘수. 이 회원들 중 한 사람이라면 김단야와 아는 사이일 거라는 네 추측이 맞을 수도 있겠어.]

서준은 미소를 지으며 코레예바에게 물었다.

"상해엔 코레예바와 같은 생각을 가진 사람들이 많았나요?"

"모두가 나와 같은 혁명을 바라진 않았지만, 조선 독립을 원하는 마음은 같았다고 볼 수 있지. 기독교 서점을 운영하면서 신한청년당을 만든 여운형이라는 분도 있고, 상해에 임시정부가 세워진다는 소식에 조선에서 건너온 김구 선생이랑 늘 꼿꼿한 신채호 선생도 있었어."

"아버지께 들어 본 이름도 있는 것 같아요. 상해는 아주 활기찬 분위기였겠어요."

"현실이 암흑이었으니 꿈을 꾸면서 버텨 나간 거야. 그때 우리는 뭔가를 해낼 수 있다는 희망에 차 있었어. 어둠을 밝히기엔 너무 작은 빛이긴 했지만……."

코레예바의 목소리가 나직해졌다. 희망에 대해 과거형으로 말하는 것조차 스스로 느끼지 못하고 있는 것 같았다. 그녀는 지쳐 보였다. 서준은 그들이 결국 나라를 되찾았다고 말해 주고 싶었다. 그러니 희망을 잃지 말라고 다독이고 싶었지만 그럴 수 없었다.

"그 빛들이 모이면 어둠을 몰아내잖아요.

"그래, 그것이 혁명의 시작이지. 잠시 내 마음이 약해졌나 보다."

미소를 지어 보이는 그녀에게 서준은 아까부터 벼르던 질문을 던졌다.

"혹시, 김단야라는 분도 아세요?"

순간 그녀의 눈빛이 흔들렸다.

"나도 이름만 들어 보았어."

"언제요?"

"몇 년 전 경성에서. 내가 조선여성동우회 활동을 할 때 그 사람은 조선일보인가 동아일보의 기자였던 걸로 기억해."

그녀는 금세 표정을 바꾸어 대답했지만, 두 사람 사이에 어색한 침묵이 흘렀다. 그때 알렉산드라의 다급한 목소리가 들려왔다.

[위험해. 여길 피해. 뒤에 나카모토 신스케가 있어. 직선거리로 150미터.]

당장 피해야 했다. 하지만 혼자라면 모를까 만삭의 몸인 코레예바와 함께 움직여야 했다. 서준이 당황스러워하자, 코레예바는 대번에 그 기색을 읽었다.

"무슨 일이니?"

"아까 상점 앞에서 마주친 사람, 사실 일본 영사관 경찰이에요. 그자가 쫓아오고 있는 거 같아요."

"그럼 잠깐 피하자."

피할 곳을 찾던 코레예바의 눈길이 어딘가에 멈추었다.

"베르사유 호텔이야. 저기에 잠시 머물렀다가 안전해지면 움직이자."

코레예바는 서준을 데리고 빠르게 길을 건넜다.

대리석과 화강암으로 만든 3층 높이의 베르사유 호텔은 두 개의 기둥에 지탱된 삼각형 지붕을 가진 화려한 건물이었다. 안으로 들어서자 바깥과는 다른 따뜻한 기운이 느껴졌다. 정문 안쪽 안내 데스크에는 붉은색 제복을 입은 러시아인 종업원이 서 있었다. 그는 만삭의 동양 여인과 소년을 의아한 눈으로 바라봤다. 그러나 코레예바는 익숙한 듯 로비의 카페로 서준을 이끌었다.

힐끔 뒤를 돌아본 순간, 카페 창밖에 나카모토 신스케가 나타났다. 서준은 자기도 모르게 그대로 얼어붙었지만, 다행히 나카모토 신스케는 호텔 쪽을 쳐다보지 않고 멀어져 갔다.

한숨 돌린 서준이 자리에 앉자 코레예바가 차를 주문했다. 종업원이 금세 홍차 두 잔을 가져왔다. 서준이 아직 떨리는 손으로 찻잔을 드는데 코레예바가 물었다.

"그런데 추격자가 있는 건 어떻게 알았니?"

지나가는 말투로 물어보는 것 같았지만 그 안에 담긴 의심은 가려지지 않았다. 알렉산드라가 중간에 끼어들었다.

[말투와 맥박 수로 미루어 보면 지금 너를 의심하고 있어. 잘못 대답하면 더는 동행하기 어려울 수 있어.]

홍차를 한 모금 마신 서준이 심각한 표정으로 말했다.

"사실 저는 신한촌 청소년들로 결성된 신한청년동맹의 단원입니다."

"처음 듣는 단체인데?"

"지금껏 대외 활동을 한 적이 없으니까요. 김단야 동지의 부탁으로 당신을 보호하러 왔습니다. 아까는 다른 동료가 신호를 보내서 알아차린 거고요."

알렉산드라가 다시 전했다.

[맥박 수가 증가하고 있어. 네 말을 의심하는 거야.]

최대한 태연한 척했지만 서준의 속은 바짝 타들어 갔다. 코레예바가 고개를 갸웃거렸다.

"김단야 동지는 블라디보스토크에 온 적이 없는데?"

"재작년 모스크바 레닌대학에 입학했을 때 우리 단장과 만난 모양입니다. 그때 긴밀하게 지내면서 여러 가지 임무를 받았다고 하셨습니다."

"그렇다면 김단야 동지의 본명도 알겠네?"

"김태연이라고 들었습니다."

"김단야 동지가 상해에 있을 때 주필로 있던 잡지 이름이 뭔지 알아?"

"불꽃, 러시아어로 '이스크라'죠."

김단야에 대해 관심이 많았던 덕에 서준은 코레예바의 질문에 어렵지 않게 대답할 수 있었다.

[완전히 의심을 거두지는 않았지만 이 정도면 괜찮을 것 같아.]

코레예바의 눈길을 피하지 않으며, 서준이 알렉산드라에게 확인했다.

'다행이군. 나카모토 신스케의 위치는?'

[기차역 근처까지 간 것 같은데 정확한 위치는 파악할 수 없어.]

서준의 표정이 굳어 가자, 코레예바가 미안해하는 얼굴로 말했다.

"사실 김단야 동지는 내 남편의 친구야. 아무래도 내가 걱정되어서 부탁한 모양인데, 정말 쓸데없는 짓을 하셨군."

"아까는 만난 적 없다면서요?"

"미안, 의심스러워서 말이야."

그녀가 살짝 웃으며 말을 이었다.

"상해에서 조선으로 돌아가기 위해 국경을 넘다가 김단야 동지와 박헌영, 임원근 동지가 일본 경찰에 체포된 일이 있지. ……아마 밀정에게 정보가 샜던 것 같아."

"맙소사, 상해에 모인 젊은 독립운동가들 중에 누군가 변심했다는 건가요?"

"이용당했던 건지도 모르지. 상해는 혼란스러웠어. 일본은 밀정을 이용해서 돈을 뿌리고, 거짓 정보를 퍼뜨려서 우리들 사이를 갈라놓기도 했거든."

이미 공부한 내용이지만, 모든 일을 겪은 사람으로부터 듣는 독립운동가들의 상황은 훨씬 절박하고 고통스럽게 느껴졌다. 서준이 마음을 다잡기도 전에 코레예바는 몸을 일으키려 했다.

"힘들어 보이는데 조금 더 쉬세요."

"출발 시각이 코앞이야."

코레예바가 만난다는 누군가는 김단야일까? 아니면 또 다른 독립운동가일까? 서준이 고심하는 순간에도 코레예바는 서준을 재촉했다. 서준은 아무래도 그녀가 걱정스러웠다.

"모스크바에는 왜 가려는 거예요? 혹시 기차역에서 누군가를 만나 물건이나 말을 전해야 한다거나 하면, 제가 대신해 드릴게요."

서준은 당장 숨쉬기도 벅차 보이는 그녀를 돕고 싶었다. 코레예바는 의아하다는 눈빛으로 서준을 바라보았다.

"그 무거운 몸으로는 세상을 바꾸기는커녕 기차를 타는 것도 무리예요. 그래도 제가 좀 더 나을 거예요. 저한테 맡기세요."

답답해하는 서준을 알렉산드라가 급히 말렸다.

[무슨 소리야? 코레예바가 만날 사람이 유물의 주인인지 아닌지는 아직 모른다고.]

서준은 잠자코 코레예바의 대답을 기다렸다. 만삭의 코레예바가 모스크바행 기차를 탄다는 것은 거짓말이라고 서준은 확신했다. 그녀는 마트료시카를 누군가에게 전하려는 것이다. 그렇다면 서준이 대신 하면 된다. 굳이 그녀가 힘든 걸음을 옮기지 않고, 서준은 유물의 주인을 찾고, 역사도 바뀌지 않는 유일한 방법이다.

"당신이 모스크바로 가는 게 아니죠? 기차역에서 만나야 할 사람이 누구죠?"

물끄러미 서준을 보던 코레예바가 웃으며 물었다.

"왜 모스크바행 기차를 탈 사람이 내가 아니라고 생각하지?"

"그야……."

서준이 쉽게 대답하지 못하자, 코레예바가 덧붙였다.

"그래, 너처럼 생각하는 사람들 때문에 내가 지금까지 살아 남았지."

"저처럼 생각하는 사람들이라뇨?"

"삼 년 전 신의주에서 어느 친일파 변호사가 주연을 벌이다가 조선 청년들에게 구타당했지. 일본 경찰들이 그들을 조사하다가, 혁명을 준비하는 우리 단체의 비밀 문서가 발각되는 바람에 동지들과 함께 구속되었어. 나는 증거 불충분으로 한 달 만에 풀려났지만 내 남편은 일 년 반 동안 감옥에 갇혀 모진 고문을 당했지. 함께 붙잡힌 남성 동지들은 하나둘 죽어 갔어. 그런데 나뿐만 아니라 여성 동지들은 금세 풀려났어."

코레예바가 서준을 차가운 눈빛으로 쏘아보며 말을 계속했다.

"남편이 감옥에서 고문으로 미쳐 가는 동안 나는 다행이라고 생각했을까? 나는 여성이기만 한 게 아니라 혁명가이고, 독립운동가야. 그런데 적들조차도 나를 동등한 인간으로 보지 않아. 나는 이런 세상을 반드시 바꿔 주겠어."

코레예바는 아랑곳하지 않고 걸음을 옮기기 시작했다.

"나를 더 말릴 거라면 여기서 헤어지자. 더는 도와주지 않아도 돼. 난 혼자서라도 갈 테니까."

서준은 서둘러 자리에서 일어나 코레예바를 부축하고 호

텔을 빠져나왔다. 둘은 기차역 방향으로 조심스럽게 발걸음을 뗐다. 두 사람 사이에 처음으로 무거운 침묵이 흘렀다.

"그래서 혁명가가 된 건가요?"

서준의 물음에 코레예바가 단호한 표정으로 고개를 끄덕거렸다.

"김단야 동지처럼."

그 순간, 화면에 있던 코레예바와 유물의 관련성 수치가 '13.03%'에서 '19.88%'로 올라갔다.

*

기차역으로 가는 길은 멀고도 멀었다. 건장한 남성이라면 쉽게 걸어갈 수 있는 거리였지만 만삭의 여인과 소년의 발걸음은 그에 미치지 못했다. 거기다 기차역 부근에 있다는 나카모토 신스케의 존재도 신경이 쓰였다.

"지금 경성은 어떨까요?"

서준의 질문에 코레예바가 한숨을 쉬었다.

"사 년 전까지만 해도 모든 게 잘 풀릴 줄 알았지. 만세 운동이 끝나고 왜놈들은 조선인들을 총칼로만 다룰 수 없다는 것을 깨달았거든. 신문과 잡지를 만들고, 온갖 협회들을 만들어서 조선인들의 생각을 점령하려고 했어. 남성 동지들은 신문사에 입사해서 기자 노릇을 하면서 정보를 외부로 빼돌렸어. 나는 조선여성동우회 활동을 하면서 '신여성'이라는 잡지를 만들었고."

코레예바가 몸이 비틀거릴 정도로 깊은 한숨을 내쉬었다.

"모든 일이 잘 풀릴 거라고 생각했던 그때 신의주에서 체포 사건이 일어난 거야. 짧은 봄날이 끝나고 혹독한 겨울이 몰려온 거지. 그나마 김단야 동지는 마침 고향에 내려가 있어서 상해로 탈출할 수 있었어."

"운이 좋았군요."

"그걸 운이라고 부를 수 있을까? 동지들은 모두 잡혀가서 혹독하게 고문을 당하고 있었는걸. 바늘방석에 앉은 심정이었을 거야. 내가 그랬던 것처럼."

"그런데 왜 포기하지 않은 거죠?"

"포기라니?"

"혁명가들에겐 아무것도 없었잖아요. 정말로 세상을 바꿀 수 있을 거라고, 어떻게 믿을 수 있죠?"

서준의 물음에 코레예바는 서글픈 표정을 지었다.

"맞아. 여성 운동을 하면서도 늘 느꼈지. 넘을 수 없는 높은 벽을 마주한 느낌이었어. 불가능할 것이라고 생각한 때도 많았단다. 하지만 말이야. 그래도 포기할 수는 없었어."

"왜요?"

코레예바는 서준의 물음에 대답 대신 불룩 솟은 배를 쓰다듬었다. 서준은 말없이 고개를 끄덕거렸다. 그때 두 사람의 눈앞에 블라디보스토크 기차역이 나타났다.

야트막한 나무 울타리로 둘러싸인 기차역 앞 광장에는 마차와 자동차, 사람들이 가득했다. 이곳에서라면 안전하겠다 싶어 안심하는 서준의 귀에 알렉산드라의 굳은 목소리가 들렸다.

[큰일 났어.]

'왜?'

[타임존에서 예측할 수 없는 위험이 감지되었다는 메시지가 왔어.]

'어떤 위험?'

타임글래스 화면 한쪽에 낯익은 얼굴이 나타났다.

'나카모토 신스케잖아.'

[맞아. 네가 총에 맞고도 멀쩡한 걸 확인하자 폭주한 것 같아.]

'그럼 어떻게 되는데?'

[예측 불능이야. 아마 지난번처럼 총으로 쏘거나 붙잡으려고 할지 몰라. 일단 타임존으로 돌아가는 게 좋겠어.]

잠시 고민하던 서준이 고개를 저었다.

'조금만 더 지켜보면 유물의 주인을 확인할 수 있어.'

알렉산드라의 걱정스러운 목소리가 멈추었다. 서준은 코레예바의 손을 잡았다. 유물과 코레예바의 관련성 수치가 점점 높아지는 것도 사실이었지만, 아무래도 위태로워 보이는 그녀를 혼자 둘 수 없다는 마음이 커지고 있었다.

"어서 가요."

다행스럽게도 기차역 안은 사람들로 가득했다. 때마침 도착한 기차에서 사람들이 쏟아져 나온 덕분이다. 그때 2층 난간에 나카모토 신스케가 나타났다. 넓은 기차역 안을 헤매는 대신 높은 곳에서 내려다보기로 한 모양이었다. 서준은 재빨리 코레예바의 손을 끌고 기둥 뒤로 숨었다.

"추격자니?"

코레예바의 물음에 서준은 고개를 끄덕거렸다.

"2층 난간에서 내려다보고 있어요. 제가 놈을 유인할 테니까 그사이에 승강장으로 가세요."

"너무 위험해."

"승강장에서 만나요. 꼭 물어볼 게 있어요."

그녀가 미처 대답하기 전에 서준이 기둥 밖으로 나왔다. 그리고 아무것도 모르는 것처럼 천천히 기차역 안을 가로질러 밖으로 나갔다. 알렉산드라가 외쳤다.

[놈이 너를 발견했어!]

'녀석을 따돌릴 만한 곳이 어디야?'

[부두에 있는 여객선 터미널이 제일 좋겠어. 기차역 밖으로 나가서 오른쪽 대로로 가. 그 길을 따라 쭉 가다가 사거리에서 왼쪽으로…….]

지직거리는 소리와 함께 갑자기 알렉산드라의 목소리가

사라졌다. 놀란 서준이 타임글래스를 점검하려는데, 나카모토 신스케가 사람들을 헤치고 다가오는 게 보였다. 그에게 떠밀린 수염투성이 러시아인이 삿대질을 하자 가볍게 팔을 휘둘러 상대방을 때려눕혔다.

[도망쳐…….]

꺼져 가는 알렉산드라의 목소리에 서준은 기차역 밖으로 달리기 시작했다. 알렉산드라가 알려 준 여객선 터미널은 벽돌로 길게 만들어져 있었다. 부두 뒤편 바다에 크고 작은 여객선들이 떠 있었다. 기차역과 가까운 탓에 많은 사람들이 양쪽으로 연결된 길을 오갔다. 서준은 사람들 사이로, 마차 아래로 요리조리 도망쳤다. 러시아인들의 비명 소리가 점차 다가왔다. 극도의 공포감에 온몸이 굳는 것 같았다. 사람들 틈에 섞이면 눈에 띄지 않으리라는 기대로 다리에 힘을 주는 순간, 억센 손길이 서준의 등을 낚아챘다. 온몸이 허공에 붕 뜬 채 골목길 한구석에 내동댕이쳐졌다. 그대로 바닥을 나뒹굴며 고통스러워하는 서준에게 추격자가 얼굴을 들이밀었다.

"너, 정체가 뭐냐?"

*

나카모토 신스케가 선 채로 내려다보고 있었다. 서준은 몸을 뒤척이며 주변을 살폈지만 막다른 골목이었다. 나카모토 신스케가 멱살을 잡고 서준을 일으켰다.

"넌 분명히 내가 쏜 총에 맞아 쓰러졌어. 어떻게 이렇게 멀쩡하게 다닐 수 있는 거지?"

"다른 사람이랑 착각하신 거 아니에요?"

간신히 생각해 낸 변명을 해 봤지만 먹히지 않았다.

"생김새는 그렇다 쳐도 옷까지 똑같을 수는 없어! 정체가 뭔지 어서 말해!"

나카모토 신스케가 눈을 부릅뜨며 노려보자 서준이 발버둥을 쳤다.

"말도 안 되는 소리 하지 말고 어서 풀어 줘요!"

나카모토 신스케가 급기야 권총을 뽑아 들었다. 그때 사라졌던 알렉산드라의 목소리가 들렸다.

[서준아, 잠깐 오류가 발생해서 리셋했어. 지금 타임슬립을 중단할게.]

'안 돼!'

[위험하다니까!]

'마트료시카가 아직 나한테 있다고! 난 다시 코레예바를 만나야 해.'

만일 이대로 코레예바가 기차를 타고 떠나게 된다면, 서준은 역사를 바꾸어 놓게 될지도 모른다. 유물의 주인이 누구인지는 모르지만, 절대로 그렇게 둘 수는 없었다. 서준이 나카모토 신스케의 무릎을 걸어찼다. 억 하는 소리와 함께 나카모토 신스케가 총을 놓치고 비틀거렸다. 그 틈에 서준이 몸부림을 쳐 그의 손아귀를 벗어났다. 주춤거리던 나카모토 신스케가 얼굴을 들고 서준을 노려봤다.

"조센징!"

용기를 낸 서준은 그를 향해 달려들었다.

[안 돼!]

탕!

헐레벌떡 기차역으로 들어온 서준은 코레예바가 탈 기차가 서 있는 승강장으로 뛰었다. 조금 전 나카모토 신스케가 쏜 총알은 아슬아슬하게 머리 위를 스쳐 지나갔다. 서준의 박치기에 나카모토 신스케는 의식을 잃고 쓰러졌다.

[정말 아슬아슬했어. 실패할 확률이 96퍼센트가 넘었는데 말이야.]

알렉산드라의 말에 서준이 피식 웃었다.

'원래 혁명은 포기하지 않는 데서 시작하는 법이니까.'

떠나는 사람들과 배웅하는 사람들로 가득한 승강장에 기차가 내뿜는 증기가 안개처럼 퍼져 나갔다. 그 틈을 헤치고 기차로 다가간 서준은 승강장에 서서 근심스러운 표정으로 사람들을 바라보는 코레예바를 찾아냈다. 거의 동시에 서준을 발견한 그녀가 활짝 웃었다.

"놈을 따돌리느라고 시간이 좀 걸렸어요."

"도와줬는데 고맙다는 인사도 못 할까 봐 걱정했어."

기차 출발 시각이 다가오고 있었다. 서준이 다급하게 그녀에게 마트료시카가 든 가방을 건넸다. 그녀가 가방에서 마트료시카를 꺼내 쓰다듬었다. 그 모습을 본 순간 서준은 소스라치게 놀랐다.

"마, 마트료시카에……!"

마트료시카 오른쪽 옆면에 작게 금이 가 있었다. 한국독립운동사박물관에 있던 마트료시카와 똑같은 위치였다.

"괜찮아. 여기까지 가져다준 것만도 고마워."

"……아까, 일본 경찰을 피해서 바닥을 구를 때 상처가 난 게 틀림없어요."

기차가 서서히 출발할 기미를 보이자, 역무원들이 기차에서 떨어지라고 외쳤다. 코레예바는 기차로 오르는 계단에 서서 서준을 바라보았다. 시간이 없었다.

"코레예바! 이 마트료시카, 누구에게 줄 거예요?"

코레예바가 슬픈 웃음을 지었다.

"아이에게 선물하려고 샀어."

"아이라면……."

서준의 시선이 자연스럽게 아래로 향하자 그녀가 배를 감싸 안았다.

"아무래도 기차 안에서 아이를 낳을 것 같아. 하지만 모스크바에서 내가 무사할지 모르겠고, 설사 살아남는다고 해도 아이가 자랄 때까지 살아 있으리라는 보장이 없잖아. 그래서 내 마음을 전해 주려고 샀어."

예상 밖의 대답에 서준이 말을 잇지 못하는 사이, 화면 한쪽의 관련성 수치는 계속 치솟았다.

"남편에게 사다 달라고 했는데 일본 경찰이 잠복하고 있어서 못 구했거든. 그래서 포기했다가 마지막 날 혹시나 해서 가 봤던 거야. 거기서 널 만난 거고."

"그러니까 마트료시카는 코레예바, 당신 거군요."

그녀는 고개를 끄덕였다.

"나와 내 아이의 것이지. 목숨을 걸고 약속을 지켜 준 너에게만은 그저 조선의 여인으로 남고 싶지 않구나. 내 이름은 주세죽이야."

기차의 기적소리가 요란하게 울렸다.

[주세죽, 조선여성동우회 창립 회원.]

'주세죽? 주세죽이라면…….'

[남편과 함께 모스크바로 가는 도중 기차 안에서 딸을 낳았어. 그곳에서 공산당 재건 운동을 하지만 일본의 밀정이라는 혐의로 소련 경찰에 체포된 뒤에 그곳에서도 추방되고 유배 생활을 하게 돼. 그리고…….]

그다음은 서준도 잘 알고 있었다. 이후에 주세죽은 해방된 조선으로 돌아가기를 요청하지만 거부당한 채, 외로운 죽음을 맞게 된다. 이 기차를 타면 그녀는 다시는 조국으로 돌아갈 수 없다. 서준은 속도를 서서히 높이는 기차를 따라, 뛰듯이 걸었다.

"코레예바, 꼭 가야 해요? 어쩌면 아이 곁에 오래 있을 수 없을지도 모른다면서요."

"괜찮아, 이 마트료시카가 있잖니. 이 안에 아이에게 전할 메시지를 남겨 줄 거야."

"어떤 메시지요?"

"혁명가 주세죽의 아이로 태어났지만 혁명이 필요 없는 세상에서 살게 해 주겠다고 말이야."

그녀는 서준에게 환한 미소를 지어 보이며, 기차와 함께 멀어져 갔다. 그 모습을 오래도록 바라보며 서준은 뜨거운 한숨을 쉬었다.

"이게 대답이었네."

[어떤 대답?]

"정말로 세상을 바꿀 수 있을 거라고 생각했느냐는 말에 대한 대답. 아이에게 좋은 세상을 만들어 주겠다는 열망이었던 거지."

서준은 뺨을 타고 흐르는 눈물을 손으로 닦으며 철로를 바라보았다. 주세죽을 태운 기차가 남긴 연기가 희미해지고 있었다.

인간은 낯선 것을 두려워한다. 그래서 외국인을 경계하고, 새로운 기술들을 못마땅하게 여기거나 가까이하려고 하지 않는다. 권력과 권위에 도전하는 것은 어떤 시대에든 불경함을 넘어 반역죄 혹은 그에 준하는 죄로 처벌받았다. 하지만 인간은 또한 끊임없이 도전하고 변화함으로써 발전할 수 있었다. 그리고 그 '발전'에는 인간을 인간으로 보는 시선 역시 포함되어 있다. 과거에 우리는 다양한 이유로 인간에게 인간 대접을 하지 않은 적이 있었다. 신분이 낮거나, 여성이거나, 혹은 특정 지역에 살고 있다는 이유로 말이다. 이런 배제는 지배자들에 의해 은근히 권장되었다. 지금 겪고 있는 나의 고통을 분풀이할 수 있는 누군가가 있다면 위를 보고 도전하는 것이 아니라 아래를 내려다보면서 억압하는 게 쉽기 때문이다. 그러면서 '모난 돌이 정 맞는다.'라는 식의 얘기들을 통해 규칙을 잘 지키는 피지배자들을 만들려고 노력한다. 하지만 인간이 권력에 고개를 숙이기만 했다면 오늘날의 문명은 만들어지지 않았을 것이다. 당대에 반역자, 혹은 미치광이 취급을 받은 사람들 덕분에 우리는 훨씬 나은 문명과 체제를 가지게 되었다.

여기, 한 여자가 있다. 주세죽은 1925년, 과감하게 머리를 자르고 단발머리를 한 채 사진을 찍었다. 물론 단발을 한 여성에 대한 부정적인 시선과 싸늘한 비아냥이 뒤따랐다. 결혼하기 적합하지 않다느니, 단발을 하면 나이가 들어서 대머리가 될 것이라는 악담과 푸념이 뒤따랐다. 하지만 십 년 정도가 지나자 여성의 단발은 익숙한 풍경이 되었다. 단발이라는 낯선 것을 두려워했지만 일상이 되는 것을 막지 못한 것이다. 그래서 나는 주세죽에 대한 얘기를 하고 싶었다. 독립운동가이자 여성 해방론자였지만 당대에는 여러 남자를 만나고 다니는 풍기 문란한 여성이자 단발이나 하고 다니는 제정신이 아닌 여성이라는 손가락질을 받았기 때문이다. 하지만 오늘날 그를 손가락질했던 사람들의 편견이 힘을 잃고, 우리는 여성의 정치 참여를 익숙하게 받아들인다. 우리가 과거의 누구에게 빚을 지고 있는지 명확하게 보여 주고 있다. 이게 바로 역사의 발전이다. 세상은 이렇게 진화하고 있으며, 앞으로도 그럴 것이다. 그래서 주세죽과 그녀의 단발머리를 기억해야만 한다. 그게 바로 역사이자 미래이니까 말이다.

정명섭

흰머리의 전사

이하

"여긴 어디지?"

소율이 두 팔로 자신의 몸을 감싼 채 정신을 집중했다. 타임슬립의 후유증 때문인지, 아직 모든 게 멍멍했다. 어디선가 탄내가 났고, 요란한 기계음도 들려왔다. 입김이 하얗게 피어오르며 시야를 가렸다. 소율은 조금 전 어느 골목집 빨랫줄에서 훔쳐 입은 외투를 더 여몄다. 타임존에서는 느껴 보지 못한 한기가 밀려들었다.

'윽, 뭐가 이렇게 춥지?'

타임슬립 시에는 분명 자동으로 이 시대에 맞는 옷차림이 되어야 했다. 그러나 소율은 옷이 변하지 않았을 뿐더러, 타임글래스에 연동된 인공지능으로부터 어떠한 메시지도 듣지 못했다.

"큐피드, 큐피드?"

소율이 설정한 '큐피드'란 이름을 아무리 불러 보아도, 인공지능은 답하지 않았다. 오히려 치지익 소리를 내면서 타임글래스 화면이 계속 깜빡거렸다.

'아무래도 이상이 생긴 것 같은데?'

별별 생각이 다 들었지만, 소율은 정신을 바짝 차렸다. 타임글래스에는 지금 이곳이 어디고, 몇 년인지조차 표시되지 않았다. 바닥에 깔린 레일과 북적이는 사람들로 기차역이라는 것을 짐작할 수 있을 뿐이다. 소율은 김하나 박사에게 비상 상황임을 알리고, 즉각 도움을 요청해야겠다고 판단했다.

"본부! 본부 나오세요!"

그러나 타임글래스는 계속 깜빡거릴 뿐 여전히 아무런 목소리도 들려오지 않았다.

바로 그때, 칙칙폭폭 소리와 함께 기차 박물관에서나 보았던 옛날 기차가 짙은 연기를 뿜어내며 역 안으로 들어섰다. 기차가 브레이크를 걸면서 내는 쇳소리가 너무도 커서, 소율은 그만 두 손으로 귀를 틀어막았다. 이윽고 기차가 멈추자, 객실에서 사람들이 내리기 시작했다.

'일단 정신을 집중하자.'

소율이 급히 주변을 살폈다. 가장 먼저 기차의 앞쪽 칸에서 사람들이 내리기 시작했다. 남자들은 대부분 윗옷과 바지의 구분이 없는 긴 겉옷을 입었고, 여자들 또한 마찬가지였다.

'털이 많은 외투, 그리고 치파오?'

그제야 소율의 눈에 각종 표지판에 적힌 한자들이 들어왔다.

'중국이구나.'

긴 옷을 입은 사람들이 먼저 역사를 빠져나가자, 이번에는 여기저기 구멍이 뚫리거나 낡은 옷을 입은 사람들이 기차에서 내렸다. 그들은 수시로 말을 주고받았지만, 소율이 아무리 귀를 기울여도 알아들을 수 없었다.

바로 그때, 떠들썩하게 오가는 중국말 속에서 한국말이 들려왔다. 소율의 눈이 번쩍 뜨였다.

"하얼빈에 잘 오셨습니다. 서두르셔야 합니다."

남자가 누군가에게 속삭였다.

'여기가 중국 하얼빈역이라고?'

소율이 그의 모습을 확인하고자 고개를 돌렸지만, 플랫폼 쪽으로 사람들이 몰리면서 누군지 알아볼 수가 없었다. 이대로 사람들이 전부 밖으로 나가 버리면, 이곳에서 유물의 주인을 찾기는 더더욱 어려워질 것이었다.

소율은 다시 한번 귀를 쫑긋 세우고, 주변을 살폈다.

"꼬리가 붙었으니 조심하십시오."

다시 그 남자의 목소리가 들려왔다.

"선생님, 그러면 또 뵙겠습니다."

남자는 '선생님'이라 부른 사람에게 인사를 하는 것 같았다. 소율은 표적을 추적하듯 사람들 사이를 살폈다. 그러나 특

이한 행동을 하는 사람은 보이지 않았다.

"알았으니, 먼저 가시게."

이번에는 나이 든 여자의 목소리가 들려왔다.

'혹시 권총과 관련이 있을까?'

소율이 더 유심히 주변을 살폈다. 그때 날카로운 눈초리로 사방을 경계하며 빠른 걸음으로 역을 빠져나가려는 남자가 보였다.

소율은 즉시 그의 뒤를 따랐다. 남자는 긴 겉옷에 갈색 털모자를 쓰고 있었는데, 비슷한 차림을 한 사람이 많아서 조금만 방심해도 놓칠 것만 같았다.

바로 그때였다. 소율의 발 앞으로 사과 두세 알이 데구루루 굴러왔다. 행여 그것을 밟고 넘어질까, 소율은 급히 까치발을 하고 그것들을 요리조리 피했다.

'아차, 그 남자!'

그러나 소율이 고개를 들었을 때, 남자는 온데간데없이 사라진 뒤였다.

'대체 누가 사과를 떨어뜨린 거지?'

누더기를 걸친 할머니가 사과를 주우려고 달려들다가 그만 소율의 어깨를 밀치고 말았다. 행색이 남루하고 투박한 게 누가 봐도 거지 같았다.

"할머니, 괜찮으세요?"

그 말에, 조금 전까지 경계 섞인 눈으로 소율을 보던 할머니의 눈빛에 당혹감이 서렸다. 그러더니 중국말로 뭐라 뭐라 투덜거리며 다시 사과를 줍기 시작했다.

'아, 내 말을 못 알아들으시는구나. 타임글래스가 정상적으로 작동했다면, 통역 기능도 지원되었을 텐데……'

소율은 그러나 절망하지 않고, 급히 남자를 쫓아서 다시 역을 빠져나가려 했다.

"아악!"

이번에는 누군가의 발에 걸려서 넘어지고 말았다. 소율은 반사적으로 몸을 옆으로 굴리면서 튕겨 일어났는데, 이번에도 바로 옆에는 할머니가 있었다.

'혹시 할머니가 내 다리를……?'

그러나 아무리 생각해도 거지 할머니가 자신을 해코지하거나 방해할 이유가 없었다. 소율은 두 손을 툭툭 털면서 할머니를 돌아보았다. 할머니는 미안한 표정을 지으며 뭐라고 말을 하더니 사과 한 알을 건넸다. 사과를 건네는 할머니의 손이 파르르 떨렸다.

"됐거든요?"

할머니의 손가락은 다른 사람들보다 뭉툭해 보였다. 얼마나 험하게 살아오신 것일까. 자기도 모르게 짜증을 내 버린 소율은 사과를 받기가 외려 미안한 마음이 들었다. 소율은 할머니가 내민 손을 애써 무시한 채 다시 남자를 찾아서 뛰어나가려 했다. 그러나 막 역을 빠져나가려던 소율은 그대로 멈춰

서고 말았다. 이번에도 한발 앞서서 할머니가 소율의 앞을 가로막았기 때문이다.

"대체 저한테 왜 이러시죠?"

소율은 참지 못하고 할머니에게 쏘아붙였다. 그러자 할머니는 놀랍게도 같은 한국말로 대답했다.

"그건 내가 묻고 싶은 말이구나. 이렇게 험한 땅에, 그런 요상한 차림으로 왜 온 게냐?"

소율은 타임글래스가 다시 정상으로 돌아온 건지, 아니면 할머니가 한국말을 한 건지 헷갈렸다.

"할머니, 조선 분이세요?"

"흐음, 그건 말해 줄 수 없다. 너는 경성에서 왔니?"

"네, 사람을 찾으러 왔어요."

"혹시 가족이냐?"

"가족은 아니지만, 그에 못지않게 소중한 사람이에요."

"소중한 사람? 사연이 있나 보구나. 내가 도와주랴?"

할머니는 소율을 가만히 바라보았다. 소율 역시 할머니를 빤히 바라보았다.

'혹시 아까 그 남자가 '선생님'이라 부른 나이 든 여인이, 이 할머니일까? 그렇다면 할머니는 그 남자가 어디로 갔는지 아는 게 틀림없다!'

소율이 곧바로 할머니의 물음에 대답했다.

"아직 남자인지 여자인지는 몰라요."

"그건 또 무슨 말이냐."

"그보다 혹시 아까 그 남자는 누구인가요?"

"그 남자라니 누구 말이냐?"

"할머니보고 '선생님'이라 부르면서, 꼬리가 붙었으니 조심하라고 말한 남자요."

그 말에 할머니의 눈빛이 한순간 날카로워졌다. 그러나 할머니는 이내 심드렁한 표정을 지으며 말했다.

"나는 네가 무슨 말을 하는지 모르겠다만……."

"할머니, 제발 알려 주세요."

"네 이름은 무엇이냐?"

"한소율이에요."

"다시 묻겠다. 여긴, 왜 온 것이냐?"

"그건…… 저도 지금 말씀드릴 순 없어요. 하지만 믿어 주세요. 저는 조국을 위해서 이곳에 왔다는 것을요."

할머니가 한동안 소율을 물끄러미 쳐다보더니, 다시 사과한 알을 내밀었다.

"이것부터 먹으렴. 계속 배에서 꼬르륵 소리가 나더구나."

"할머니?"

할머니가 소율을 보며 따뜻하게 웃었다. 새삼 들여다본 할머니의 얼굴에는 멍 자국이 가득했고, 주름만큼이나 상처가 많았다. 여기저기 구걸을 하러 다니면서 다친 듯했다. 역시 헛짚은 걸까. 소율은 멋쩍은 얼굴로 그 사과를 받아 들었다.

"아까 그놈이 누구냐고 물었느냐?"

그 말에, 소율이 눈을 크게 떴다.

"네, 할머니. 아니, 선생님!"

할머니가 빙긋 웃으며 말했다.

"같이 구걸하는 녀석이란다."

"혹시 이름을 알 수 있을까요?"

"지금 말해 줄 수는 없고, 궁금하면 조씨네 여관을 찾거라."

"조씨네 여관요?"

"여기서 바로 길을 건너, 저 좁은 골목을 따라 끝까지 들어가면 보일 게다."

소율이 그 말을 머리에 새기곤, 깊이 허리를 숙였다.

"할머니의 성함은 어떻게 되세요?"

"그저 거지 할멈으로 불린단다."

"그래도 할머니를 기억하려면……."

"곧 사라질 이름, 뭐 하러 기억하려 하누?"

어느새 두 사람은 하얼빈역을 빠져나왔다. 할머니는 소율의 질문에 끝내 답하지 않고 작별 인사를 건넸다.

"아가, 무슨 일인지는 모르겠지만, 어서 집으로 돌아가거라."

"네, 제 할 일을 마치고 얼른 돌아갈게요."

"여긴 너무 위험하니 조심하렴. 알겠지?"

"명심할게요. 정말 감사드립니다."

소율이 다시 인사를 하려고 고개를 숙인 사이, 할머니는 온 데간데없이 사라졌다. 소율이 곧바로 주변을 살폈지만, 할머니는 어디에도 보이지 않았다.

'이상하다……. 할머니가 이렇게 빠르다고?'

그러나 지체할 시간이 없었다. 소율은 곧 의문을 거두고, 길을 건너서 좁은 골목으로 들어섰다.

*

칼바람이 소율의 온몸을 쓸고 지나갔다. 하얼빈의 겨울은 한국에서 겪은 겨울보다 더 매섭고 추웠다.

소율이 콧물을 훔치며 다시금 타임글래스를 손으로 툭툭 쳤다. 그러나 타임글래스는 여전히 작동하지 않았다. 오히려 시야에 방해가 될 뿐이었다. 몇몇 행인들이 그런 소율을 이상한 눈으로 쳐다보았다.

'그나마 내가 아직 이 시대에 머물러 있는 것을 보면, 이게 완전히 고장 난 건 아닌 것 같은데……. 일단, 조씨네 여관부터 찾아보자.'

뒷골목에는 여기저기 노랗고 빨간 등을 내건 식당이 보였다. 음식 냄새가 진동할수록 배가 꼬르륵 소리를 내며 반응했다. 소율은 일단 사과를 한 입 베어 물고 더 깊숙이 들어갔다.

바로 그때였다.

골목과 골목이 교차하는 지점에서, 소율의 앞으로 갈색 털 모자 남자가 빠르게 스쳐 지나갔다. 마치 누군가에게 쫓겨 도망가는 것 같았다.

'아까 그 남자 같은데?'

소율이 깜짝 놀라 뒤를 돌아보니, 빵모자를 쓴 남자가 그를 쫓아오고 있었다. 남자의 손에는 권총이 들려 있었다.

"이춘기, 거기 안 서!"

빵모자를 쓴 남자는 일본인 같았다. 그가 일본말로 뭐라 뭐라 소리쳤기 때문이다. 소율은 그 말을 다 알아듣지 못했어도 '이춘기'라는 이름만큼은 분명히 알아들을 수 있었다.

'이춘기라면, 혹시?'

소율이 짚이는 바가 있어서 새삼 타임글래스 화면을 주시했다. 분명히 유물과 관련된 인물이 나타나면, 타임글래스에 불이 들어오며 신호를 준다고 했다. 유물의 주인을 찾으면 임무는 끝나고, 소율은 본부로 돌아갈 수 있다. 그러나 타임글래스는 아직 복구되지 않았는지, 아까와 별반 달라진 게 없었다. 이런 상태라면 임무를 완수해도 타임존 복귀가 가능할지조차 알 수 없다.

'하…… 아무리 기술이 발달해도 기계는 믿을 게 못 된다더니. 이 일을 어쩌면 좋지?'

하지만 저 사람이 소율이 기억하는 그 이춘기가 맞다면 이대로 가만있을 순 없었다. 소율은 일단 재빨리 허리를 낮추며

다리를 옆으로 쭉 뻗었다. 앞만 보고 달리던 일본인이 소율의 다리에 걸려 앞으로 고꾸라졌다.

"아악!"

그가 들고 있던 권총도 저만치 나가떨어졌다.

"넌 뭐야?"

그러나 일본인보다 소율이 먼저 권총을 주웠다. 소율은 권총을 단단히 쥔 채 '이춘기'라 불린 남자를 따라 달렸다. 남자는 슬쩍 뒤를 돌아봤다가, 총을 든 소율의 모습을 보고 기겁하여 다시 질주하기 시작했다.

"거기 서지 못해?"

일본인도 튕기듯 일어나 소율을 추격했다. 그 속도가 만만치 않아 소율은 그에게서 벗어나기 위해 정신없이 달려야 했다. 그렇게 얼마쯤 골목을 돌고 돌았을까. 소율은 일단 일본인을 따돌렸지만, 워낙 길들이 얽히고설켜 남자를 다시 찾기란 쉽지 않았다. 그래도 소율은 멈추지 않았다.

'그 아저씨를 어떻게든 만나야 해.'

어디선가 냇내와 탄내가 났다. 엉덩이 부분을 오려 낸 바지를 입은 중국 아이들이 덩달아 좁은 골목을 뛰어다녔다. 여기저기 개 짖는 소리도 들렸고, 중국인들이 싸우는 소리도 들렸다. 찬 바람이 입 안 가득 밀려들었기에, 소율은 이를 악물고 달려야 했다. 숨이 턱까지 찰 때가 되어서야 소율은 잠깐 멈춰 섰다.

그때였다. 소율은 뒤통수에 무언가 닿는 느낌에 그대로 얼어붙었다.

"아…… 이런."

소율은 직감적으로 그게 권총인 걸 알았다. 별별 생각이 다 들었지만, 소율은 과녁을 겨눌 때처럼 지금 상황에 집중했다.

"넌 누구지?"

소율이 무의식중에 내뱉은 탄식을 들은 남자가 물었다. 그제야 소율은 남자가 아까 그 일본인이 아니라는 것을 알아채고 안도의 한숨부터 내쉬었다.

"휴우, 죽을 뻔했네."

"지금 죽일 수도 있다. 누구냐?"

"한소율이라고 해요."

"누가 보냈지?"

"박물관요."

"뭐?"

바람이 좁은 골목을 한바탕 매섭게 몰아치고 지나갔다. 남자는 한동안 말이 없었다. 그러더니 곧 총구를 내리고 소율 앞으로 와 섰다. 분명 하얼빈역에서 본 그 남자가 맞았다.

"아까 그 아저씨!"

소율의 표정이 밝아졌다. 하지만 털모자를 쓴 남자는 여전히 경계를 풀지 않고, 잔뜩 인상을 쓰며 말했다.

"여자애가 이런 데서 뭐 하는 거지?"

"여자애가 뭐 어때서요?"

소율이 화난 얼굴로 오른손에 든 권총을 번쩍 치켜들었다. 털모자 남자가 한 발짝 뒤로 물러서며 두 손을 들어 보였다.

"미안, 다른 뜻으로 물은 건 아니다. 여긴 성인 남성이 무리지어 다녀도 위험한 곳이야. 특히 조선인은 일본 형사들의 표적이 되기 쉬워. 나 같은 사람들 때문에 덩달아 피해를 볼 수 있거든."

"아저씨 같은 사람이라면, 독립운동가요?"

"쉬잇!"

남자가 깜짝 놀라며 주위를 살폈다. 하지만 바람이 거세지면서 아이들까지 모두 집으로 들어간 뒤였다. 골목길은 텅 비어 있었다.

남자가 주변의 인기척을 확인하며 소율에게 말했다.

"아까는…… 고마웠다."

"뭘요. 다리 한 번 쭉 뻗은 건데요."

"그래도 목숨을 걸어야 했다."

"안 잡히셔서 다행이에요."

소율이 누런 콧물을 훌쩍이며 해맑게 웃었다. 남자가 그런 소율을 걱정스럽게 바라보며 물었다.

"그런데 어떻게 여기까지 온 거니?"

"실은 아저씨를 찾고 있었어요."

"나를?"

의아해하는 남자에게 소율이 말했다.

"정확히는 아저씨의 성함을 알려고 했어요."

"왜?"

"아저씨의 물건을 찾아 드리려고요."

"글쎄, 나는 잊은 물건이 없는데……."

"아저씨, 성함이 어떻게 되시죠?"

"나는 이춘기다."

소율은 다시금 이춘기를 유심히 바라보았다. 소율이 읽은 일본 요인 암살 사건 자료에 분명 이춘기라는 이름이 있었다.

이춘기가 물었다.

"나를 아니?"

소율은 대답 대신 고개를 깊이 숙여 인사했다.

"네, 저를 살려 주신 거나 다름없거든요. 자세히는 말씀드릴 수 없지만, 후손들을 대표해서 미리 감사드립니다."

이춘기는 영문을 모르겠다는 표정으로 두 손을 들고는 멋쩍은 표정을 지었다.

"엉뚱한 아이로구나. 이러고 있을 때가 아니다. 아무튼, 어서 이곳을 피하렴."

"이제 그럴 생각이에요."

"기차를 탈 거니?"

"그건 걱정 안 하셔도 돼요."

"여의치 않다면 이 근방의 조씨네 여관을 찾아가거라. 거기가서 내 이름을 대면, 밥이랑 쉴 곳을 제공해 줄 거야."

"아까 만난 할머니도 그 말씀을 하셨는데, 저는 괜찮아요."

"선생님을 만났구나."

이춘기는 잠시 걱정스러운 눈빛으로 소율을 보더니, 이내 돌아서서 어딘가를 가리켰다.

"이 골목을 따라 끝까지 가거라. 그럼 갈림길이 나오는데, 다시 왼쪽 끝으로 쭉 가면 작은 식당이 나올 거야. 조씨네 여관은 그 건물 2층이다."

"이젠 괜찮은데, 어쨌든 감사합니다."

소율이 다시 인사하자, 이춘기가 손을 내밀었다.

"그래, 몸조심해라. 한 동지."

'한 동지'라는 호칭에 으쓱해진 소율이 웃으며 손을 맞잡았다. 그제야 소율의 눈에 이춘기의 손이 들어왔다.

'어? 열 손가락 다 멀쩡한데?'

이춘기의 양손을 빠르게 살핀 소율의 눈동자가 흔들렸다. 그렇다면 유물의 주인은 이춘기가 아니라는 소리였다.

'타임글래스에는 문제가 생겼어도 타임셋은 권총 주인이 있는 시기로 날 보냈을 거야. 총에는 왼손 무명지의 지문이 없다고 했어. 적어도 이 사람은 유물의 주인이 아니다.'

바로 그때였다.

탕!

어디선가 총소리가 들렸다.

이춘기가 커다래진 눈으로 사방을 살폈다.

"난 이제 가 봐야겠구나. 어서 떠나거라."

이춘기는 어디론가 급히 사라졌다. 소율은 잠시 멍하니 서서 지금 상황을 곱씹어 보았다. 그때 문득 아까 할머니가 사과를 건네줄 때의 모습이 떠올랐다.

'왼손이었어. 왼손 네 번째 손가락, 그것도 하나가 아닌, 두 개의 잘린 마디…….. 겉으로는 거지 할멈의 행색을 했지만, '선생님'이라 불리는……. 그렇다면, 설마…… 그분이?'

소율의 눈동자가 급격히 떨려 왔다.

'만약 할머니가 내가 생각하는 그분이 맞다면, 서둘러야 해!'

소율은 우선 이춘기가 알려 준 조씨네 여관을 향해 달렸다.

*

골목을 돌고 돌아, 소율이 낡은 2층 건물 앞에 섰다. 1층에는 오래된 식당이 있고, 2층 창문은 굳게 닫혀 있었다. 여관임을 나타내는 표지판도 없었다. 조선인들만 알음알음으로 오가는 여관인 것 같았다.

'일단 올라가 볼까?'

소율이 좁은 계단을 따라 2층으로 올라갔다. 그리고 문을 두드렸다. 안에서는 아무런 인기척도 느껴지지 않았다. 그렇게 몇 번을 두드렸지만 누구냐고 묻는 사람도 없었다.

'잘못 찾아왔나?'

바로 밑의 식당에서 음식 냄새가 솔솔 피어올랐다. 허기가 졌지만 소율은 애써 그것을 잊으려 노력했다. 중국 음식 특유의 진한 향이 코끝에 밀려들었다.

그때, 누군가 여관의 문을 열었다.

"누가 보내서 왔지?"

소율이 깜짝 놀라서 앞을 보니, 검은 뿔테 안경을 쓴 할아버지가 지팡이에 몸을 의지한 채 구부정하게 서 있었다. 할아버지는 두루마기를 입고 있었다. 소율은 직감적으로 그가 이 여관의 주인이라는 것을 알 수 있었다.

"조씨 할아버지세요?"

"누가 보냈냐고 물었다."

"이춘기 아저씨요."

그 말을 들은 조씨가 한동안 소율을 빤히 바라보더니 입을 열었다.

"밥은 먹었니?"

소율이 고개를 세차게 흔들었다.

"백년은 굶은 거 같아요."

그러자 조씨는 소율을 이끌고 1층 식당으로 내려가서는, 한쪽에 자리를 잡고 손짓했다. 소율은 냉큼 따라 들어가 그 맞은편에 앉았다.

조씨가 슬쩍 물었다.

"무슨 일이 생겼냐?"

"무슨 일이라뇨?"

"이 동지가 보냈다면서?"

"그런데요?"

"혹, 실패한 거냐?"

"뭘요?"

소율이 고개를 갸웃거리며 반문하자, 조씨가 소율을 빤히 바라보고는 긴 한숨을 내쉬었다.

"너는 이번 일과는 상관없는 아이구나. 그래, 왜 온 거지?"

"물건 주인을 찾고 있어요. 권총요."

'권총'이란 말에 조씨의 눈이 번쩍 뜨였다.

"쉬잇, 말조심하거라."

"아까 역에서 만난 할머니가 있는데, 그분이 제가 찾는 분인 것 같아요. 몸놀림이 정말 빨랐어요. 아까 알아챘어야 하는데……."

'할머니'란 말에 조씨는 더 바짝 긴장한 듯 보였다.

"어르신을 뵌 적이 있느냐?"

"아까 하얼빈역에서……."

"그렇구나. 그런데 권총 주인이라니, 무슨 말이냐?"

"만나서 확인해야 될 게 있어요."

"지금은 너무 위험하구나."

"이쪽으로 다신 안 오세요?"

"언제 다시 그분을 뵐 수 있을지……."

조씨의 눈가가 금세 촉촉해졌다.

"저는 어디로 가면 되죠?"

"조선으로 돌아가거라."

조씨는 따뜻한 국밥과 고기 몇 점을 시켜 소율의 앞에 내밀었다.

"배고프지? 우선 먹고 움직이자."

"이걸 먹을 시간이……."

조씨는 아무런 얘기도 해 주지 않고 국물부터 들이켰다. 그러면서도 연신 주변 식탁과 식당 밖의 행인들을 살폈다. 그제야 소율은 자신들을 살피는 눈과 귀가 많다는 것을 깨달았다.

"잘 먹겠습니다."

소율은 일단 국에 밥을 말아서 한 숟가락을 입에 넣었다. 진한 육수와 꼬들꼬들한 밥알의 맛이 고스란히 느껴졌다. 몸이 한결 푸근해지는 것도 느낄 수 있었다.

조씨가 이내 허겁지겁 국밥을 퍼먹는 소율을 바라보며 웃었다.

"그런데 어르신에 대해서 알긴 아느냐?"

중국인들이 술을 마시며 떠드느라 식당 안이 소란해지자, 조씨가 조심스레 물었다. 소율은 국밥 그릇을 양손으로 들고 국물까지 들이켰다. 그러고는 그릇을 내려놓으며 답했다.

"조선을 위해 단지(斷指)를 하셨고, 총을 들고 싸우셨다는 것은 알아요."

"세 번이나 손가락을 자르셨지."

"세 번씩이나요?"

"한 번은 식민지 현실을 잊지 말자고 자르셨고, 한 번은 조선인들이 분열되자 싸우지 말고 뜻을 모으자고 자르셨고, 한 번은 조선 독립의 의지를 세계 만방에 알리고자 무명지를 두 마디나 자르셨어."

"아, 아까 본 게 다가 아니었네요."

소율이 먹먹한 얼굴로 조씨를 보았다.

"그때 당신의 피로 쓰신 글자가 바로 '조선독립원(朝鮮獨立願)', 즉 '조선은 독립을 원한다'라는 뜻이야."

소율이 조용히 물었다.

"지금, 그분은 어디에 계시죠? 할아버지는 알고 계시는 거죠?"

조씨가 잠시 주변을 살피더니 낮은 목소리로 속삭였다.

"어르신은 지금 하얼빈 외곽의 정양가에서 무기를 기다리고 계신다. 곧바로 만주국 수도인 신경으로 가실 거야."

"신경에는 왜요?"

"바로 거기서 만주국 건국 기념 행사가 열리거든. 그럼 무토 노부요시가 나타날 테고, 선생께서 그를 없앨 거야."

"무토 노부요시요?"

"일본 전권 대사*이자, 만주에 주둔해 있는 일본 육군의 사령관이다."

"……."

"그런데 이 동지도 그렇고, 나도 그렇고, 우리 쪽의 신변이 일본 경찰에 다 노출되어서 어르신께 권총을 전하지 못하고 있구나."

그 말을 들은 소율의 눈이 반짝였다.

"그럼 제가 갈게요!"

"안 된다. 그건 너무 위험해."

"일단 보내 주세요. 시간이 없어요."

소율이 자리에서 벌떡 일어나서 식당 밖으로 나갔다. 골목 한쪽에는 인력거를 세워 놓은 인력거꾼들이 보였다. 조씨가 쫓아 나와서 막 인력거에 오르려는 소율을 붙잡았다.

"지금은, 위험하다고 했잖니!"

"할아버지가 권총을 안 주신다면, 제가 가진 거라도 전해 드리겠어요!"

소율은 아까 일본인에게서 가로챈 권총을 꺼내 보였다. 조씨의 눈이 다시금 흔들렸다.

"안 된다고 하지 않아! 자칫 네가 잡혀가면……."

"그럴 일은 없으니 걱정 마세요."

---

* 나라를 대표해 다른 나라에 파견되어 외교를 맡아 보는 최고 직급.

그 말에 조씨가 깊은 한숨을 내쉬었다.

"하, 어르신하고 어쩜 이리 비슷한지."

"시간이 별로 없잖아요."

조씨는 물끄러미 소율을 바라보다, 결심한 듯 말했다.

"그렇다면, 이것을 어르신께 전해다오. 어르신께서 가장 아끼시는 권총이란다."

조씨가 내민 권총을 받아든 소율의 눈이 반짝였다.

'바로 이거다!'

소율이 타임셋에서 본 그 유물이 분명했다. 소율은 곧바로 총을 품 안에 갈무리하고 조씨에게 작별 인사를 건넸다.

"고맙습니다, 할아버지. 이 은혜 잊지 않을게요!"

"은혜는 무슨. 내가 직접 가지 못하는 게 한이로구나. 독립을 위해서라면 이 늙은 목숨도 아깝지 않지만, 남아서 해야 할 일이 있어."

조씨가 인력거꾼에게 뭐라고 말하자, 곧 인력거꾼이 고개를 끄덕였다. 조씨는 소율이 그 인력거에 타도록 이끌며 당부했다.

"정양가로 가 달라고 말해 두었다. 명심하거라. 행여 일이 잘못되거나, 내 도움이 필요하면 다시 여관으로 돌아오너라. 저 인력거꾼은 나를 잘 아니, 다시 이쪽으로 태워다 줄 게야."

"잊지 않을게요. 감사합니다, 할아버지……."

곧바로 인력거가 찬 바람을 헤치며 달리기 시작했다. 소율은 혹시 거리에 할머니가 나타나지 않을까 계속 주변을 살폈다. 콧물이 찔찔 흘러내렸지만 닦아 낼 여유조차 없었다.

*

인력거는 소율을 내려놓고 또 바삐 사라졌다. 하얼빈 외곽으로 나오자, 거리는 더더욱 을씨년스러웠다.

탕—!

"할머니가 분명해!"

소율이 총소리가 난 쪽으로 몸을 틀었다. 그러고는 무작정 그쪽으로 뛰었다. 얼마쯤 달렸을까. 고철이 잔뜩 쌓인 쓰레기장이 나왔다. 제복 차림의 일본 경찰들이 어딘가로 일제히 총을 쏘고 있었다.

탕— 탕탕—!

총소리가 났고, 총알이 날아가는 소리도 들렸다. 총알이 돌에 박히는 소리도, 쇠에 튕기는 소리도 났다. 소율은 반사적으로 몸을 날려 찌그러진 양철통 뒤에 숨었다. 그리고 가슴을 졸이며 할머니를 찾았다.

바로 그때였다. 초기화 메시지와 함께 타임글래스가 기계음을 내며 작동하기 시작했다.

'1933년 2월 27일, 오후 3시 45분. 중국 하얼빈 정양가.'

날짜와 시간, 그리고 위치가 카메라의 글자 표시등처럼 눈앞에서 반짝였다. 또한 옷차림도 즉각 현지인의 복색으로 바뀌었다. 덕분에 추위는 한결 덜해졌지만, 이상하게도 소율은 몸이 더 차가워지는 느낌이었다.

그제야 인공지능 큐피드의 목소리가 들려왔다.

[한소율 님은 지금 즉시 본부를 호출하여, 상황을 보고하고 귀환하십시오. 다시 말씀드립니다. 지금 즉시…….]

그러나 지금 소율의 귀에는 그 소리가 들리지 않았다.

'남자현 선생님!'

소율은 멍하니 총격전을 바라보았다. 바로 눈앞에 흰머리를 풀어헤친 전사가 고철 더미 사이를 뛰고 구르며 일본 경찰들과 총격전을 벌이고 있었다. 여러 명의 일본 경찰들이 진을 치고 맞섰지만, 거리가 조금도 좁혀지지 않았다.

소율은 마치 귀신에 홀린 듯 권총을 들고 그쪽으로 다가서려 했다. 그러자 소율이 본부를 호출하지도 않았는데, 김하나 박사의 다급한 목소리가 타임글래스를 통해 들려왔다.

[한소율! 지금 뭐 하는 거야? 유물의 주인을 확인했으면 이제 복귀해!]

김하나 박사의 말에 소율이 울먹이며 답했다.

"선생님이 아직 싸우고 계세요."

[뭐?]

소율이 이야기하는 동안에도 연신 총소리가 울렸다.

[한소율, 정신 차려! 절대로 역사에 개입하면 안 된다는 걸

잊었니?]

"선생님은 어떡해요. 이대로 두면 돌아가실지도 몰라요."

김하나 박사가 목소리에 힘을 주었다.

[네가 할 일은 끝났어. 어서 그곳을 빠져나와 타임글래스를 벗어!]

"이대로 돌아갈 순 없어요."

소율은 아까 골목길에서 일본인에게 빼앗은 권총을 꺼냈다.

[한소율! 너 정말……!]

김하나 박사가 소리쳤지만, 소율은 허공을 향해 방아쇠를 당겼다.

탕!

일본 경찰들보다 먼저 남자현이 소율을 발견했다. 잠시, 두 사람의 눈길이 마주쳤다. 소율의 온몸에 전율이 일었다. 그러나 소율을 알아본 남자현은 잔뜩 화난 표정으로 고개를 절레절레 흔들었다.

"저리 가! 여긴 네가 올 곳이 아니야!"

소율은 그 말에 대답하는 대신 공기권총을 쏠 때처럼 신중하게 일본 경찰들에게 총을 겨누었다.

전혀 예측하지 못한 방향에서 총알이 날아오자, 경찰들은 크게 당황해서 우왕좌왕했다. 그때를 틈 타 소율이 또 다른 고철 더미 뒤로 몸을 던졌다. 곧바로 다시 총을 겨누었다. 등을 세우고 숨을 고른 뒤 방아쇠를 당겼다.

탕—!

남자현도 소율을 힐끗 보고는 전방을 경계했다.

어둠 속에서 일본 경찰이 소리쳤다.

"일본 전권 대사인 무토 노부요시 육군대장이 그리 호락호락하게 불령선인들한테 당할 줄 아나? 게다가 너희같이 천한 조센징 계집들한테? 신경으로 갈 생각은 꿈에도 하지 마라!"

남자현이 쩌렁쩌렁한 목소리로 대꾸했다.

"대일본제국의 경찰들께서 여태 늙은이와 소녀를 상대로 쩔쩔 매고 있으니, 육군 대장도 별거 아닌 듯 보이는데?"

그 말과 함께 남자현이 소율이 있는 자리의 정반대 방향으로 몸을 움직이기 시작했다.

"선생님!"

소율이 깜짝 놀라서 남자현을 엄호하려 했다. 하지만 곧 총알은 바닥났다. 어둠 속에서 딱, 딱 하는 쇳소리만 울릴 뿐이었다. 소율의 움직임을 주시하던 남자현만이 무언가 문제가 생긴 것을 눈치챘다.

남자현이 그 자리에서 일어섰다. 안전핀을 뽑고 폭탄을 번쩍 들어 보였다.

"누군가 나를 쏘려면, 또 저 아이를 쏘려면, 정확히 미간이나 심장을 쏴서 즉사시켜야 할 것이다. 그러지 않으면 내 죽어 가면서도 이 폭탄을 너희에게 던질 것이야!"

남자현이 그대로 앞을 향해 걸어가면서 다시 말했다.

"저 아이를 보내 준다면 내 순순히 그대들을 따르겠다."

남자현의 기세에 눌린 경찰들은 섣불리 총을 쏘지 못했다. 다만 숨을 죽인 채 남자현의 행동을 살폈다. 그들 중 누군가 소리쳤다.

"더는 가까이 오지 마라. 우리와 같이 자폭하려는 게 아니냐?"

남자현이 코웃음 치며 다시 안전핀을 폭탄에 꽂아 넣었다.

"가소로운 것들."

그제야 안심한 일본 경찰들이 일제히 남자현에게 총을 겨눈 채로 슬금슬금 다가왔다.

"선생님……."

소율이 분한 얼굴로 남자현을 바라보았다. 하지만 남자현은 소율이 있는 쪽을 돌아보지 않았다. 소율의 볼에 뜨거운 눈물이 주르르 흘러내렸다.

김하나 박사의 목소리가 다시 귓가에 울렸다.

[시스템 복구 중이라 강제 소환이 불가능해. 이러다 정말 큰일 난다고. 한소율, 어서 타임글래스를 벗어!]

"저 때문에, 선생님이……."

[네가 아니라 우리 때문, 그리고 조선 때문이야. 모두를 지키기 위해서였어. 소율아, 정말 네가 선생의 뜻을 기리고 싶다면 거기서 멀쩡히 나와야 해. 그래야 남자현 선생의 희생이 진정 빛을 발할 테니까. 알았지?]

"선생님은 이제 어떻게 되세요?"

김하나 박사가 대답하기도 전에 남자현이 소율을 바라보며 소리쳤다.

"어서 여기를 뜨거라! 네가 어디서 왔는지, 또 누가 보냈는지는 모르겠지만, 조선 독립을 간절히 원한다면 살아서 같이 이루거라."

"선생님……."

남자현이 소리쳤다.

"어서 가거라! 가서 나의 뜻을 잇거라!"

김하나 박사가 속삭였다.

[소율아, 지금 선생은 여기서 체포되실 거야. 역사에 기록된 일이야. 네가 바꿀 수 있는 건 없어.]

김하나 박사의 말을 듣자, 소율은 자신이 해야 하는 마지막 임무를 떠올렸다.

"선생님, 이거 받으세요!"

소율이 조씨에게 건네받은 권총을 남자현에게 던졌다. 일본 경찰들이 깜짝 놀라서 소율에게 총을 겨누려 했다. 재빨리 총을 받아 든 남자현이 다시 폭탄을 들어 보였다.

"다들 나를 겨누어야 할 것이다!"

남자현은 일본 경찰들에게 으름장을 놓으면서도, 엄한 표정으로 소율에게 소리쳤다.

"어서! 뒤도 돌아보지 말고 달려! 독립을 원한다면 머뭇거리지 마라!”

김하나 박사도 소리쳤다.

“소율아! 어서!”

소율은 몸을 돌려 쓰레기장 밖으로 달려 나갔다. 멀리서 남
자현의 호랑이 같은 목소리가 들려왔다.

“사람이 죽고 사는 것은 먹는 데 있는 것이 아니고 정신에
있다. 독립은 정신으로 이루어지느니라!”

남자현이 껄껄 웃었다. 전사의 숨결이 고스란히 느껴졌다.

*

소율은 타임글래스를 벗고 천천히 눈을 떴다. 순식간에 타
임존으로 돌아왔다. 소율은 조용히 다가온 김하나 박사에게
물었다.

“그다음에 남자현 선생님은 어떻게 되셨죠?”

“옥중에서 단식 투쟁을 벌이다 의식을 잃으시고, 곧 보석으
로 풀려나셨지. 하지만 출옥한 지 닷새 만에 조씨가 운영하는
여관에서 조용히 숨을 거두셨단다.”

“남기신 말씀이 있으세요?”

“너에게 하신 마지막 말씀이 바로 선생의 유언이야.”

“정말요?”

“선생은 눈을 감기 전에 아들에게 숨겨 둔 행낭을 가져오라

고 하셨대. 거기에는 중국 화폐로 249원 50전이 들어 있었어. 그중 200원을 조선이 독립할 때 정부에 축하금으로 바치라고 하셨지. 그리고 너에게 외치신 말씀을, 유언으로 남기셨다고 해."

소율은 아직도 귓가에 생생한 남자현의 외침을 속삭여 보았다.

"사람이 죽고 사는 것은 먹는 데 있는 것이 아니고…… 정신에 있다. 독립은 정신으로 이루어진다……."

소율은 가만히 두 눈을 감고, 마음속으로 몇 번이고 그 말을 되풀이했다.

독립은 정신으로 이루어진다

독립은 정신으로 이루어진다.

독립은 정신으로 이루어진다.

"결코 그 정신, 잊지 않을게요."

작가의 말

1933년 2월 29일. 중국 하얼빈. 일본 영사관 소속 경찰들이 한 노인을 추격한다. 거지 차림을 한 노인은 권총 한 자루와 탄환, 폭탄 등을 품은 채 질주한다. 그는 주만주국 일본 대사 무토 노부요시가 만주국 건국일을 기념하기 위해 장춘(만주국 수도인 신경의 현재 이름)에 나타날 것을 알고, 대사 암살을 위해 장춘으로 가는 중이었다. 그러나 하얼빈 교외 정양가에서 체포되고 말았다.

그 노인은 1919년 만주로 망명하여 상해 임시정부 산하의 군부대인 서로군정서에서 활동했고, 1924년에는 조선 총독 사이토 마코토를 암살하려다 미수에 그친 적이 있었다. 또 1932년 국제연맹이 파견한 조사단이 하얼빈에 왔을 때, 그는 왼손 네 번째 손가락 두 마디를 잘랐다. '조선은 독립을 원한다'라는 뜻으로 '조선독립원(朝鮮獨立願)'이라는 혈서를 써서 조사단에 전달하기 위해서였다.

정양가에서 체포된 그는 혹독한 고문을 받으며 감옥에서 버티다, 죽기로 결심하고 보름간 단식 투쟁을 벌였다. 결국 초주검이 된 채 석방되었고, 하얼빈에 있는 조모 씨의 여관에서 임종을 맞이했다.

그는 이런 말을 남겼다.

"독립은 정신으로 이루어지느니라."

대체 누구이기에 자신의 목숨을 항일 운동에 던지고, 환갑을 넘긴 나이에 손가락을 잘라 독립을 호소할 수 있었을까?

그가 바로 남자현 열사다. 그분의 이야기를 처음 읽고, 나는 그가 여성이라는 점에 크게 놀랐다. 또한 그렇게 생각한 나 자신이 부끄러워졌다. 남자현 열사는 여러 거사들을 치르면서, 만주에 교회와 예배당을 세우고 '여자교육회'를 설립하여 여성을 계몽하는 데도 크게 힘썼다. 그런 남자현 열사가 독립운동의 어머니 혹은 어진 아내 같은 수식어로 설명되는 것은 안타깝다. 그분이야말로 한계와 편견을 뛰어넘어, 온전히 독립을 위해 모든 노력을 기울인 진정한 전사(戰士)가 아닐까? 이 소설에서 주인공 한소율이 찾아 나선 것은 단순히 유물의 주인이 아닌, '독립운동가는 으레 남성일 것이다'라는 편견을 넘어선 사회가 아닐까 싶다.

전작인 『타임슬립 1932』에 이어, 다시금 『타임슬립 2119』를 통해 우리 역사 속 개인과 여성의 문제를 파고들 수 있어 더없이 기쁘게 생각한다.

이하

육혈포의 주인

김소연

우현은 바지 주머니에 손을 넣고 유리 진열장 앞에 서 있었다. 훤칠한 키에 다부진 근육은 열일곱이라는 나이가 무색할 정도였다. 타임슬립을 위해 특수 제작한 수트 차림의 우현은 날카로운 눈빛으로 타임셋 안을 들여다보고 있었다. 그곳에는 총 한 자루가 반듯하게 누워 있었다. 검은 빛깔의 총신과 원목 손잡이로 된 육혈포였다.

우현의 이맛살이 살짝 찌푸려 들었다.

"휴……. 진짜 주인이 따로 있다, 이 말이지?"

총이 놓인 자리 위로 홀로그램 설명문이 나타났다.

'탄알을 재는 구멍이 여섯 개라 육혈포(六穴砲)라 이름 지었으며, 현재까지는 의열단 단장인 약산 김원봉의 무기로 알려져 있었다. 최근 새롭게 개발된 타임셋…….'

우현은 설명문을 읽다 말고 눈길을 다시 육혈포로 옮겼다.

"그냥 봐도 묵직하게 생겼네. 아무리 백여 년 전이라지만 어떻게 저런 무겁고 위험한 무기를 몸에 지니고 다녔을까?"

육혈포의 생김새는 20세기 고전 영화 속에서 보던 모습 그대로였다. 주로 미국산 서부 활극에 등장하는 총잡이들이 빵빵 쏘아 대며 으스대던 총이다. 다만 크기가 좀 작고 총구 길이도 짧다. 고전 영화에 나온 총들은 거의 번쩍거리는 은색 총신에 기다란 총구를 뽐내는 것들이었다. 하지만 이 거무튀튀하고 투박한 총은 멋 부리거나 으스댈 허세 따위에는 해당 사항 없음을 분명히 하고 있었다.

"요런 총 한 자루를 쥐고 독립 투쟁에 나섰다니……."

우현은 어릴 적 처음 이 유물을 보았을 때가 또렷이 떠올랐다. 아직 아홉 살밖에 되지 않는 어린아이였지만 우현은 당시 박물관 해설사의 말을 생생히 기억했다.

"약산 김원봉 선생님은 일제 강점기에 활약한 대표적인 독립운동가입니다. 1919년 의열단을 조직하고 1938년에는 조선의용대를 창설하는 등 일제에 대한 무장 투쟁을 전개하는 데 앞장섰어요. 여러분이 지금 보고 있는 이 육혈포라는 총은 약산 선생님이 1919년 의열단 단장으로 활약하던 시절 지니신 무기로 알려져 있습니다. 당시 선생님은 중국 상해의 프랑스 조계지를 중심으로 활동하고 계셨어요. 또한 조선의 수도였던 경성에 잠입하여 활동하실 때도 이 육혈포를 지니셨다고 해요. 탄창에는 항상 여섯 개의 총알이 장전되어 있었다고 합니다. 언제든 적을 처단할 만반의 준비가 되어 있다는 뜻으로요."

아홉 살 우현의 머릿속으로 멋진 광경이 펼쳐졌다. 금방이라도 쏠 준비가 된 총을 옆구리에 숨기고 적을 찾아다니는 독립투사의 모습이었다. 우현 입이 헤, 하고 벌어졌다. 하지만 이어지는 해설사의 말에 온몸이 딱딱하게 굳었다.

"독립투사들이 들고 다녔던 총은 적을 처단하기 위해서, 혹은 자신을 지키기 위해서 장전하기도 했지만 만일의 상황에도 쓰였습니다."

적에게 의열단의 실체를 들킬 염려가 있을 때는 가차 없이 총구를 자신의 가슴으로 돌려 대었다는 설명이 뒤를 이었다. 어린 우현의 뇌리에 박힌 장면이 바로 이 부분이었다. 임무를 마치고 탈출이 어려워지면 자살로 마무리를 짓는다는 의열단의 행동 강령이 용감함보다는 충격으로 다가왔다.

"꼬마들이 듣기에는 좀 독한 해설이었지."

우현은 과거를 떠올리며 쓴웃음을 지었다. 그때나 지금이나 육혈포를 들여다보고 있으면 비릿한 피 냄새가 코끝에 맴도는 듯했다.

"그런데 이 총이 약산의 무기가 아닐 수도 있단 말이지?"

얼마 전 새로 업그레이드된 타임셋에서 '정보 부족'이라는 분석 결과가 나왔다.

"아, 머리가 다 지끈거리는군."

우현이 타임셋에서 한 걸음 물러서는데 누군가의 목소리가 들렸다.

"그래도 덕분에 우현이 같은 용감한 대원이 시간 여행을 하게 되었으니 흥미진진하지 않아?"

돌아보니 김하나 박사가 다가오고 있었다.

"언제 오셨어요?"

김 박사는 예의 푸근한 웃음과 함께 우현 곁에 섰다.

"출근하고 바로 내려오는 길이야. 나도 요즘 이 총 때문에 밤에 잠이 다 안 온다."

우현이 말했다.

"이 총은 통일 전 북한 인민영웅기념박물관에 수장되어 있던 유물이잖아요. 게다가 이 유물을 기증한 분도 의열단 단원으로 활약하던 분이고요."

"좀 더 정확히 말하자면 의열단 단원들의 뒷바라지를 하던 인물로 기록되어 있지."

"그러니까요. 실존 인물이 증언과 함께 기증한 유물인데 왜 백 년이나 지난 지금 다른 얘기가 나오는 건지……."

우현이 도무지 알 수 없다는 표정으로 고개를 갸웃거렸다.

"과학의 발전은 하루도 쉬지 않는 법이니까."

타임셋 분석 결과는 이상했다. 이 육혈포의 활약 시기는 1919년이 맞다. 또한 활약 장소도 중국 상해와 조선 경성으로 나왔다. 여기까지는 홀로그램 설명문에 나와 있는 그대로다. 한데 주인이 약산이 아니란다. 그렇다면 도대체 누구의 것이 란 말인가?

"아무래도 타임셋이 오류를 낸 거 같아요. 이 총의 주인은 김원봉이 틀림없어요. 모든 기록과 자료가 그걸 증명하고 있 잖아요."

김 박사가 팔짱을 끼며 고개를 주억거렸다.

"솔직히 나도 같은 생각이야. 그래서 더욱 확실히 짚고 넘 어가자는 거야."

김 박사가 타임존으로 발걸음을 옮기며 소리쳤다.

"이 육혈포의 진짜 주인을 확인하러 가 보자고!"

*

우현은 웅, 하는 소리에 귀가 멍해졌다. 그리고 한순간, 몸 이 붕 뜨다가 뚝 떨어지는 것 같은 느낌이 들었다. 우현은 가벼 운 현기증과 함께 감았던 눈을 떴다. 일 초 전까지 타임글래스 를 쓰고 타임존 한가운데 있던 기억이 또렷했다. 아니, 이건 기 억이라고 명명하기도 어색하다. 정말 바로 일 초 전까지 자신 을 둘러싸고 있었던 건 타임슬립 시스템 장치들이었다. 하지 만 순식간에 모든 것이 온데간데없이 사라졌다. 대신 먼지가 풀풀 나고 따가운 햇살이 내리꽂히는 땅바닥에 주저앉은 자신만 남았을 뿐이다. 우현은 자기 몸에 걸쳐진 누렇게 색이 바래고 때가 전 무명 바지저고리를 내려다보며 생각했다.

'타임존 성능이 대단하긴 하군. 의상까지 완벽 세팅이라……. 그나저나 여긴 어디지?'

우현은 어지러운 걸 간신히 참으며 몸을 일으켰다. 그 바람에 우현이 기대고 있던 인력거가 덜컹, 흔들렸다.

"뭐야, 이거! 아하, 인력거꾼이라 이거지?"

우현은 인력거를 찬찬히 살폈다. 검은 휘장 덮개와 커다란 바퀴, 그리고 굵직하고 튼튼한 손잡이가 인상적이었다. 보기에도 꽤나 무게가 나가는 물건이었다. 빨간 벨벳 천으로 꾸민 의자는 인력거를 매력적인 탈것으로 완성했다.

"잠입 탐색하기에 딱 어울리는 직업이군. 근데 이걸 내가 끌 수 있을까?"

우현이 걱정 어린 말투로 중얼거리자 귓가에 난데없는 목소리가 들렸다.

[당연히 끌 수 있지.]

당황한 우현이 주위를 두리번거리는데 다시 목소리가 들렸다.

[나야, 나. 타임글래스에 장착된 인공지능. 네가 임무를 완수하고 복귀할 때까지 너를 돕고 지켜 줄 거야. 인력거를 끄는 데도 내가 자기장 센서로 도움을 줄 거고.]

"엇! 벌써 타임글래스가 작동하기 시작한 건가?"

우현이 움찔하며 귓가에 손을 가져다 댔다.

[한우현 대원! 난 이미 네가 타임글래스를 쓰는 그 순간부터 움직이기 시작한걸. 당연한 소리 말고, 우선 임무 수행에 사용할 내 이름을 지어 줘.]

"네 이름? 넌 시리얼 넘버가 있잖아."

우현의 대꾸에 인공지능이 열다섯 개가 넘는 숫자를 읊었다.

[지어 주기 싫으면 이 번호를 외워서 부르든가. 다만 내 이름을 제대로 부르지 않으면 난 네 명령을 수행하지 않아. 그점만은 분명히 할게.]

우현은 이 똑 부러지고 까칠한 인공지능이 우습고도 재밌었다.

"알았다, 알았어. 근데 뭐라고 부르냐? 너 혹시 생각해 놓은 거 있어?"

우현의 말이 떨어지자마자 인공지능이 대답했다.

[동지!]

"동지?"

[응. 난 이래봬도 역사 유물 탐험을 전문으로 하는 인공지능이란 말씀이야. 무구한 한민족의 찬란한 역사에서 이 '동지'라는 단어처럼 활기차고 멋…….]

"알았다, 알았어. 동지라고 불러 줄게."

우현은 속으로 혀를 내둘렀다.

'거참 말 많고 주장 많은 기계일세.'

우현이 코웃음을 핑, 치고 자신이 서 있는 장소가 어딘지 살피기 시작했다.

"황금정…… 승마구락부?"

우현이 기다란 나무 현판에 새겨진 한자를 읽어 내렸다.

"황금정이면 일제 강점기 때 서울 을지로 일대를 부르던 명칭이고, 승마구락부라면 승마 클럽 그러니까 승마장이란 뜻인데……."

우현의 말에 동지가 휫, 하고 휘파람 소리를 냈다.

[역시 타임슬립 프로젝트 합격자는 뭐가 달라도 다르군. 정확히 맞혔어. 화면에 나타난 대로 지금은 1919년 경성이고, 여긴 일제 강점기 초기에 운영되었던 승마장이야. 주로 고관대작이나 갑부, 그리고 그들을 상대하는 기생들이 애용하던 사교장이자 스포츠 클럽이지.]

우현이 입꼬리를 비틀었다.

"고관대작? 그래 봐야 골수 친일파란 뜻일 테고, 갑부니 기생이니 해 봤자 식민 통치에 순응하며 목숨 붙이던 기회주의자들이잖아. 1919년이면 3·1 만세 운동이 일어난 해인데 서울, 아니 이때는 경성이지, 수도 한복판에 이런 매국노들이 뛰노는 놀이터가 버젓이 세워져 있다니 기가 차는군."

우현은 타임셋 위에 놓여 있던 육혈포를 떠올렸다. 항상 장전된 총을 품에 안고 다니며 나라의 독립과 자신의 목숨을 맞바꾸려 했던 투사들. 그들이 비바람과 한뎃잠을 벗 삼아 헤매

다닐 때 말이나 타며 거들먹거리던 친일파들의 놀이터를 두 눈으로 확인하는 건 꽤나 심기 사나운 일이었다.

우현은 현판을 쪼개져라 노려보았다. 그때 커다란 대문이 삐걱 열렸다. 그리고 대문 안에서 웬 여인이 나왔다. 허벅지를 부풀린 바지에 검은 가죽 장화, 손에 든 채찍까지, 고급 승마복을 맵시 좋게 빼입었다. 여인은 한눈에 보기에도 부티가 줄줄 흐르는 인상이었다. 뒤를 따라 나오던 급사가 여인에게 말을 걸었다.

"그럼 우선 마구랑은 정리해서 보관해 놓겠습니다."

"응, 부탁해요. 녹슬지 않게 가끔 기름으로 닦아 주고."

"여부가 있겠습니까. 부디 몸 성히……."

급사의 말에 여인이 쉿, 하고 입술에 손가락을 가져다 댔다. 그 모습에 찔끔한 급사가 오른손을 번쩍 들며 외쳤다.

"여기! 인력거!"

우현은 여인에게서 눈을 못 떼다 저도 모르게 예, 하고 외쳤다. 여인이 눈앞에 나타나자마자 타임글래스에 빨간 불이 들어왔기 때문이다.

우현은 다른 인력거꾼이 움직일 틈도 안 주고 쌩하니 여인 앞으로 인력거를 가져다 댔다. 여인은 먼지 풀풀 풍기며 대령한 인력거와 우현을 날카로운 눈매로 슬쩍 살피더니 의자에 올라탔다.

급사가 허리를 굽히며 인사를 했다.

"계옥 누님, 또 오십시오."

"자, 설렁탕이라도 한 그릇 사 먹어요."

여인이 품 안에 든 지갑을 꺼냈다. 지폐 두어 장을 행하로 받은 급사의 입이 함지박만 해졌다.

"내가 부탁한 그 일 잊지 말고!"

여인은 오금 박듯 한마디 내뱉더니 얼굴에서 웃음기를 거두고 고개를 빳빳이 들었다. 그만 출발하자는 신호 같았다.

우현은 두 사람이 하는 양을 멍하니 구경하고 있다가 동지의 목소리에 정신이 퍼뜩 들었다.

[지금 저 사람은 현계옥이라는 기생이야. 1919년 당시 경성에서 이름을 날리던 예기*지. 가야금 연주에도 능하고 한시에 조예가 깊어서 시조를 짓기도 했대.]

'기생? 그런데 왜 불이 깜빡인 거지?'

우현은 인력거에 올라앉은 여인을 새삼스러운 눈길로 다시 보았다. 그러다 퍼뜩 정신을 차리고 소리를 높였다.

"어서 옵쇼! 어디로 모실깝쇼?"

우현은 언젠가 읽었던 1930년대 소설 구절을 떠올리며 억양을 높였다. 방금 전까지 경멸하고 힐뜯던 인물을 손님으로 태워야 한다니 속이 뒤집힐 지경이었다. 그런 속마음을 감추기 위해 부러 더 굽실거리는 시늉을 하는 참이었다.

———
* 노래, 춤, 글씨, 시문 따위의 예능을 익혀 손님을 접대하는 기생.

"아직 어려 보이는데 꽤 씩씩하군. 가회동 32번지로 가요."

현계옥은 부드러운 눈길로 우현을 내려다보았다. 순간 우현의 두 볼이 발갛게 달아올랐다. 당당하면서도 뭔가를 꿰뚫어 보는 듯한 눈매가 사람 마음을 사로잡았다.

우현은 자기장 센서의 힘으로 끄는 인력거와 함께 경성 거리를 달렸다.

'동지야, 근데 나 가회동 32번지가 어딘지 모르는데?'

[걱정 마.]

동지의 대답이 끝나기도 전에 눈앞에 증강 현실 내비게이션이 펼쳐졌다. 생전 처음 보는 경성 시내였지만 속속들이 지명 안내가 붙어 있고, 방향을 가리키는 화살표가 나타났다. 한시름 놓은 우현은 두 다리에 힘을 주고 힘차게 내달렸다.

우현은 중간중간 다른 인력거나 전차와 맞닥뜨려 멈추어설 때마다 뒤를 돌아보았다. 처음 모는 인력거에 손님이 안전하게 타고 있는지 불안했기 때문이다.

'아, 저 모습은 뭐지?'

우현은 속으로 감탄의 한숨을 내쉬었다. 현계옥은 인력거에 타고 나서도 휘장을 치지 않고 등받이에 기대지도 않은 채 꼿꼿이 앉아 있었다. 다른 인력거에 탄 여인들은 보통 휘장을 내려 행인들이 자신의 얼굴을 보지 못하게 했다. 길거리를 달리며 언뜻언뜻 본 광경이 그랬다. 바람에 날려 휘장이 잠깐 펄럭일 때만 얼굴이 살짝 보였다가 다시 숨었다. 하지만 현계

옥은 달랐다. 스스로를 드러내며 환한 햇빛 아래 길거리를 가
로질렀다. 지나가는 사람들이 힐끗거리며 자신을 쳐다보는
걸 즐기는 듯도 했다. 그 당당한 모습은 자부심과 반항심이
뒤섞인 묘한 분위기를 자아냈다. 친일파들에게 기대어 살며
타락한 생활을 이어 갔다는 기생이란 신분이 도저히 믿기지
않는 눈부심이었다.

'이런 당당함 때문에 타임글래스가 반응한 건가?'

설마……, 그럴 리는 없다. 우현은 점점 계옥이 궁금해지기
시작했다.

"다 왔습니다!"

우현이 턱까지 찬 숨을 고르며 간신히 내뱉었다.

"옷 갈아입고 나올 테니까 여기서 잠시 기다려요."

"예?"

품삯으로 얼마를 받아야 하는지 고심하던 우현은 뜻밖의
말에 어물거렸다.

"만나러 갈 사람이 있어."

현계옥은 우현의 답을 듣지도 않고 기와집 안으로 들어가
버렸다. 우현은 한옥들이 즐비하게 늘어선 골목 한가운데 멍
하니 섰다.

"아니, 잠깐만!"

얼이 빠져 있던 우현이 머리를 흔들며 동지에게 물었다.

'동지! 지금 저 기생을 쫓아다니는 게 맞는 거야?'

[아까 승마구락부 앞에서 현계옥이 나왔을 때 타임글래스에 불이 켜졌지? 그럼 육혈포와 뭔가 연관이 있는 사람이 틀림없어.]

우현은 한숨을 내쉬었다.

'동지, 다시 검색해 봐. 지금 우리는 1919년 경성 한복판에 서 있단 말이야. 만세 운동으로 한껏 달아오른 도시란 말이지. 이런 데서 말 타러 다니는 기생이나 쫓아다니는 게 맞다고?'

우현이 답답한 마음에 툴툴거리는데 기와집 대문이 열렸다. 현계옥이었다.

"오래 기다렸죠. 얼른 갑시다."

우현은 방금 전까지 기생이라고 헐뜯던 입을 헤, 하고 벌렸다. 계옥은 푸른색 세일러복에 구두를 신고 있었다. 오른손에 핸드백을, 왼손엔 하얀 양산을 들었다. 조금 전 승마복을 입은 계옥이 항일 무장 독립투사처럼 당당하고 씩씩해 보였다면 지금은 언젠가 역사 동영상 자료에서 보았던 '근대 여학생' 옷차림 그대로였다.

"종로 탑골공원 앞으로 가요."

우현은 이 기생을 다시 태울 것인가 말 것인가로 인공지능과 말씨름했던 걸 홀딱 까먹고 예, 하고 대답했다. 현계옥의 집에서 탑골공원은 그리 멀지 않았다.

탑골공원 정문에 도착한 우현은 공원을 새삼스러운 눈으로 바라봤다. 불과 몇 달 전에 만세 운동이 일어난 시발점이자 본거지인 곳이었다. 삼엄한 경비와 검문으로 일대가 스산했다. 공원 안에 산책을 즐기는 사람들이 간혹 눈에 띄긴 했다. 하지만 순사와 헌병까지 가세한 검문 인력이 공원을 이용하는 사람 수보다 많아 보였다.

'만세 운동이 다시 불타오를지 몰라 전전긍긍하는 모습이군.'

우현은 혀를 끌끌 찼다.

"수고했어요. 여기 품삯."

현계옥이 우현의 손에 지폐 몇 장을 쥐여 주며 방긋 웃었다. 그러더니 주위를 두리번거리며 공원 정문 앞으로 갔다.

공원 입구를 막아선 순사가 계옥이 내민 수첩을 보더니 단번에 통과시켰다.

"어? 어!"

우현은 공원 안으로 따라 들어가려다 순사에게 막혀 버렸다. 지저분한 옷차림의 인력거꾼은 공원에 들어갈 자격조차 없는 사람으로 취급되었다.

우현은 초조해져 귓가를 만졌다.

'동지, 어떡하지?'

[담장 뒤쪽으로 돌아가.]

우현은 동지가 시키는 대로 공원 담장을 따라 돌았다.

[여기! 여기서 헤드셋 음량을 높여 봐.]

담장 아래에 웅크리고 앉은 우현이 귓가를 만지작거렸다.

그러자 머릿속으로 두 여인의 목소리가 울리기 시작했다.

"계옥아!"

"금죽아!"

두 여인은 막역한 사이인지 살갑게 인사를 나누었다.

"금죽아, 여기 들어오는데 애 안 먹었어?"

계옥이 묻는 말에 금죽이라 불린 여인이 대답했다.

"여기 관리소장이 우리 요정 단골이잖아. 난 신분증 없어도 돼."

우현은 흠칫 놀라 중얼거렸다.

"어? 뭐야? 계옥이 만나는 사람이 같은 기생이잖아."

그때 금죽이란 여인의 말소리가 들려왔다.

"난 이번 참에 일본으로 유학을 가기로 결심했어."

"정말? 그럼 권번*에서 나간다고?"

금죽이 응, 하며 말을 이었다.

"너도 마찬가지겠지만 나 역시 이번 만세 운동을 통해 깨달은 게 많아. 새로운 세상을 본 것 같아. 난, 난 말이야. 모든 사람이 평등해지는 그날을 위해 이 한 몸 기꺼이 투신하기로 각오했어."

계옥이 말을 받았다.

"평등이라……, 그래. 따지고 보면 조선 독립을 위한 투쟁

---

* 일제 강점기에 기생 조합을 이르던 말.

도 결국엔 인간 평등을 위한 운동과 한가지겠지?"

"다들 기생같이 천한 신분에 무슨 독립이냐 투쟁이냐 하며 비웃지만, 기생이니까 더 뼈저리게 느낄 수 있는 거 같아. 차별과 속박이 무언지."

"네 말이 옳다. 덕분에 사상 기생이니 혁명 기생이니 하고 놀림을 받는 거지만."

현계옥의 말을 끝으로 두 여인 사이에 잠깐 침묵이 흘렀다. 그러다 계옥이 다시 입을 열었다.

"금죽이 네가 일본으로 간다면 나도 가만있을 순 없지."

"너도 무슨 계획이 있구나."

"아직 뭐라 단언하긴 어렵지만…… 나도 요즘 생각이 많아."

우현은 두 기생의 입에서 나온 말들에 두 눈이 점점 커졌다. 친일파 고관대작이나 갑부들과 어울려 말이나 타러 다니는 고급 기생인 줄만 알았다. 그런 그들의 입에서 조선 독립이니, 투쟁이니 하는 말들이 술술 쏟아졌다.

"동지야, 아무래도 이 여자 뒤를 좀 더 캐 봐야겠어."

우현이 결심한 듯 중얼거리는데 계옥의 말소리가 들렸다.

"그럼 금죽아, 오늘은 이만 헤어지자. 너 일본 가기 전에 꼭 한 번 우리 집에 들러야 해."

"그래. 근데 계옥아, 이제부터 날 칠성이라고 불러다오."

"칠성?"

"응, 정칠성. 그게 내 본명이야. 이제부터는 기생 금죽이 아닌 칠성으로 살아갈 거니까."

"그래, 칠성아. 무엇보다 먼저 몸조심하고."

여기까지 들은 우현은 얼른 인력거가 세워진 공원 정문 앞으로 뛰어나왔다.

"일 다 보셨습니까?"

공원을 나서던 계옥은 우현이 불쑥 나타나 꾸벅하고 허리를 굽히자 어맛, 하며 놀랐다.

"혹 나를 기다린 거예요?"

"여부가 있겠습니까? 여기서 일 마치시면 당연히 인력거를 부르실 텐뎁쇼. 오늘은 제가 마저 모시겠습니다."

그녀가 우현의 이마에 맺힌 땀방울을 물끄러미 바라보다 말했다.

"저 앞에 냉차를 파는 가게가 있으니 우선 그리로 가요."

계옥은 냉차 한 잔을 사서 우현에게 내밀었다.

"가을볕 아래 하루 종일 인력거를 끌자면 목도 타겠지요."

우현은 흔쾌히 냉차를 받아 마셨다. 타임슬립을 하고 내내 답답하던 속이 뻥 뚫리는 것 같았다.

*

현계옥은 다시 집에 들러 한복으로 갈아입었다. 몸단장을 마친 계옥은 그제야 기생의 모습이 되었다. 우현은 그녀가 시키는 대로 요릿집으로 방향을 잡았다. 계옥은 요릿집으로 가는 내내 가야금을 무릎 옆에 세우고 인력거 의자에 꼿꼿이 앉아 있었다. 그 모습이 마치 개선장군처럼 위풍당당했다.

인력거가 막 요릿집 앞에 멈추려는데 솟을대문 옆에 웬 중절모 사내가 서서 이쪽을 보고 있었다. 하도 뚫어지게 보는 바람에 우현은 그와 눈을 마주칠 수밖에 없었다.

우현은 바짝 긴장한 채 그를 살폈다.

'저분이 육혈포의 주인인가?'

[서두르지 말고 천천히 접근해 봐.]

중절모 사내는 멀찍이서 봐도 뭔가 심상치 않은 기운을 뿜어내고 있었다. 우현이 동지와 대화를 나누는 사이, 계옥 또한 신사를 발견했다.

"멈춰요."

현계옥이 딱 끊어지는 말투로 인력거를 세웠다. 인력거가 멈춰 서자 중절모 사내가 이쪽으로 다가왔다. 계옥은 그의 얼굴을 확인하자마자 휘장을 드리우며 말했다.

"어서 타세요!"

우현이 뭐라고 물을 새도 없이 계옥이 다음 명령을 내렸다.

"가회동 집으로 다시 갑시다."

중절모 사내도 우현도 무엇에 홀린 듯 지시에 따랐다. 우현은 날랜 걸음으로 달음박질쳤다.

휘장 안으로 숨어든 두 남녀의 목소리가 들려왔다.

"정건 씨, 어떻게 오셨어요? 만주에 계실 줄로만 알고 있었
는데."

"상해에서 쓸 독립 자금을 모으려고 들어왔소."

중절모 사내의 이름이 정건? 우현은 얼른 동지에게 이름
검색을 지시했다.

[현정건, 일제 강점기에 임시정부에서 활동한 독립운동가.
고려공산당 창조파의 일원으로 임시정부 계파 간 이견 조정
을 위해 힘썼다. 상해청년동맹회 등 여러 조직에 소속되어 항
일 투쟁과 전선 통일을 위해 노력하였다. 가족으로는……]

우현은 동지의 설명을 듣고 깜짝 놀랐다.

'「운수 좋은 날」의 저자 빙허 현진건의 친형이라고?'

[응. 흥미롭게도 친일파와 항일 투사가 한 집안에 공존했
어.]

우현은 인력거 안에서 새어 나오는 남녀의 대화 소리에 한
층 귀를 기울였다.

"계옥, 이번에 경성으로 잠입한 일은 누구에게도 알려져서
는 안 돼."

정건의 말에 현계옥의 낮은 웃음소리가 새어 나왔다.

"그러시면서 벌건 대낮에 요릿집 문간에 서 계셨던 거예
요?"

"오히려 그런 곳이 감시망을 피하기 좋은 곳 아니겠소. 누
구든 내 모습을 보면……."

"기생을 짝사랑하는 가난한 룸펜*으로나 보이겠죠."

현계옥의 대답에 와하하, 웃는 현정건의 목소리가 인력거 안을 가득 채웠다. 그사이, 인력거는 계옥의 가회동 집 앞에 다다랐다.

"경성에 계실 동안에는 여기서 머물도록 하세요."

현계옥은 현정건이 집 안으로 들어가는 것을 확인한 뒤에 야 돌아섰다. 잠시 후 다시 요릿집 앞에 내린 계옥이 우현 앞으로 다가섰다.

"오늘 나와 함께 보고 들은 것은 모두 잊어 주세요."

그러면서 지폐 다발을 내밀었다. 우현이 한걸음 물러서며 대답했다.

"인력거 삯은 아까 주신 걸로 충분합니다."

"아니, 그래도……."

"보고 들은 것이 없는데 돈을 더 받을 이유도 없고요."

우현이 쐐기를 박듯 말끝을 아물리자 계옥이 뜻을 알겠다는 듯 고개를 끄덕였다. 우현은 대문 안으로 들어가는 그녀의 뒷모습을 바라보다 중얼거렸다.

"동지야, 어때? 이 정도면 임무는 완수한 거 같은데."

우현은 현정건이 육혈포의 주인이라고 생각했다. 현계옥을 만났을 때 타임글래스가 반응한 것도 그녀와 현정건이 연

---

* 많이 배웠음에도 사회에 진출할 수 없는 식민지 지식인을 일컫는 말.

인 사이이기 때문이라고 해석했다. 현정건에 대한 동지의 부연 설명도 이런 판단에 힘을 실어 주었다.

[가능성이 있어. 현정건은 만주 길림성을 근거지로 한 비밀 결사대의 일원으로 활약한 기록도 있어.]

같은 시기에 김원봉도 길림성에서 활동한 이력이 있음을 확인한 우현은 더 확신에 찼다.

"그렇다면 의열단 단장 김원봉을 만나 육혈포를 건네받은 게 틀림없어."

우현은 후미진 골목을 찾아 들어가 조용히 읊조렸다.

"본부!"

머릿속이 한 바퀴 빙 돌더니 어찔한 멀미가 났다. 뒤미처 귀에 익은 목소리가 들렸다.

"수고했어, 우현 대원."

눈을 떠 보니 타임존 한가운데였다. 막 타임글래스를 벗는 우현 앞으로 김하나 박사가 다가서며 말했다.

"육혈포의 진짜 주인은 찾았니?"

우현은 망설이지 않고 타임셋 앞에 섰다. 그리고 '현정건'이라는 이름을 한 자 한 자 입력했다. 잠시 후 타임존 대형 스크린에 결과를 알리는 글자가 떴다.

[불일치.]

"뭐? 왜? 어째서?"

우현은 믿을 수 없었다. 현정건이 육혈포의 주인이 아니라니. 그럼 불은 왜 켜졌던 거지?

"혹시 기계에 이상이 있는 건 아닐까요?"

하지만 점검 결과 모든 시스템은 정상이었다. 김하나 박사가 우현의 축 처진 어깨에 손을 얹었다.

"하는 수 없다. 다시 갔다 와야지."

우현은 숨 돌릴 틈도 없이 다시 타임존 안에 들어섰다.

'도대체 어디서부터 잘못된 거지?'

*

우현은 어찔한 기운을 물리치려 도리질을 쳤다.

"어우, 이건 몇 번을 해도 적응이 안 되네."

눈을 뜨고 좌우를 살피던 우현이 뜨악해하며 입을 벌렸다.

"여, 여긴!"

[중국 상해에 있는 프랑스 조계지야.]

동지의 목소리는 여전히 깔끔하고 냉랭했다.

"주, 중국?"

그러고 보니 우현이 입고 있는 옷이 전과 달랐다. 조끼 같은 민소매 윗도리에 폭이 좁은 반바지 차림이었다. 때가 타는 걸 가리기 위해 바지와 윗도리 모두 푸른 물감으로 물들인 이 옷차림은 20세기 초 중국 농민 혹은 도시 노동자들이 입던 평상복이었다.

"뭐야? 이번엔 노동자인가?"

[뒤를 봐.]

우현이 고개를 돌려보니 인력거가 버티고 서 있었다.

"또야?"

날씨가 썰렁한 걸로 봐서는 겨울이 틀림없었다. 그래도 남쪽에 위치한 지역답게 어딘가 안온한 추위였다. 다만 홑겹의 무명옷 사이로 파고드는 냉한 기운이 어깨를 움츠리게 했다.

우현은 인력거 손잡이를 잡고 어리벙벙하여 서 있었다. 갑자기 상해라니. 뭘 어떻게 해야 할지 난감할 뿐이었다. 그때, 맞은편 집에서 사내 하나가 문을 열고 나왔다. 모직 양복 차림에 중절모를 쓴 사내는 인력거를 보자 바로 손을 들었다.

"어이! 여기!"

우현은 사내와 눈이 마주치자 그만 몸이 얼어붙고 말았다.

'약산 김원봉이다!'

우현은 김원봉이 자신을 향해 다가오는데도 꼼짝없이 서서 그를 쳐다보았다.

'내가 김원봉을 실제로 보다니!'

우현은 사진으로만 보았던 김원봉의 얼굴을 또렷이 기억했다. 번갯불처럼 형형한 눈빛과 단호하고 결단력 있는 표정은 꿈에라도 잊을 수 없는 것이었다.

김원봉이 인력거 앞으로 와 말했다.

"상해역으로 갑시다."

그 소리에도 우현이 자신을 뚫어져라 쳐다보기만 하자 김원봉은 헛웃음을 웃었다.

"허, 참! 이 사람이 어째 이래? 장사 안 하나?"

그제야 정신이 든 우현이 예, 옛 하며 인력거를 앞으로 기울였다.

"어디로 모실까요?"

"방금 상해 기차역이라고 말하지 않았소."

의자에 올라탄 김원봉이 휘장을 드리우며 대답했다.

"얼른 모셔다 드리겠습니다."

우현은 대답과 동시에 뛰기 시작했다. 귓가에 동지의 말소리가 들렸다.

[약산 김원봉, 1898년 출생. 일제 강점기의 대표적인 항일 무장 투쟁……]

우현이 낮은 소리로 말했다.

"쉿! 다 알고 있으니까 조용히 해."

우현은 타임글래스에 빨간 불이 켜지기만을 기다렸다. 육혈포의 주인을 인력거에 태웠으니 더 이상 바랄 게 무어란 말인가. 하지만 인력거가 기차역에 도착할 때까지 타임글래스에는 불이 들어오지 않았다.

'역시 고장 난 게 맞다니까!'

우현은 치밀어 오르는 짜증에 이맛살을 찌푸렸다. 인력거에서 내리던 김원봉이 이 모습을 보고 물었다.

"왜 그러나? 내가 너무 무거웠나?"

우현이 당황해 손을 내저었다.

"아니, 아닙니다. 저, 근데 손님."

인력거 삯을 치르던 김원봉이 응? 하고 대꾸했다.

"여기는 상해 땅인데 제가 조선 사람인 건 어찌 알고 보자마자 조선말로 인력거를 부르셨습니까?"

"허허, 어디서 만나든 우리 조선 사람은 동포를 알아보기 마련이지. 자네도 날 보자마자 아는 눈치를 하던데. 같은 생각 아니었나?"

"아, 예. 그렇죠, 하하."

우현은 자신이 김원봉을 알아보았다는 것을 들키지 않으려고 크게 웃었다.

"하여튼 자네나 나나 타향에 와서 고생하는 건 매한가지 아니겠나. 힘내세, 우리."

김원봉이 우현의 어깨를 툭툭 두드리는데 저쪽에서 부르는 소리가 났다.

"선생님!"

순간 타임글래스에 불이 켜졌다.

'앗! 누구지?'

우현이 김원봉을 따라 그쪽으로 얼굴을 돌리다 헉, 하고 숨을 멈추었다. 걸어오는 두 사람이 다름 아닌 현계옥과 현정건이었기 때문이다.

우현은 도망쳐야 한다는 생각밖에 들지 않았다. 타임글래스에 불이 들어왔으니 육혈포의 주인이 코앞에 있는 세 사람 중 한 사람임에는 틀림없었다. 임무를 완수하기 위해서는 이 자리에 머무르며 더 살피는 게 맞다. 하지만 상황이 고약했다.

'어떡하지.'

타임존이 있는 지하 석실에 잠시 다녀오는 동안 이 세계의 시간이 얼마나 흘렀는지 아직 알 수가 없었다. 타임슬립을 하고 나서 바로 확인해야 하는 것이 시공간 이동을 한 곳이 몇 년, 어디냐 하는 것이다. 그러나 우현은 타임슬립을 하자마자 바로 김원봉과 맞닥뜨리는 바람에 미처 그럴 틈이 없었다. 우현은 허겁지겁 인력거 뒤로 숨어 동지를 불렀다.

[서기 1919년 12월 20일 오후 3시 정각이야. 지난번 경성 방문 때는 1919년 9월 2일이었고.]

그렇다면 겨우 석 달이 되는 시간 차다. 종로 바닥에서 인력거를 끌던 소년이 난데없이 상해 기차역에 나타나다니. 누가 봐도 수상쩍게 생각할 일이었다.

"아니, 정건이 자네까지? 계옥을 먼저 보내기로 하지 않았나?"

김원봉이 두 사람을 반겨 맞으며 물었다.

"도무지 안심이 되어야 말이죠. 그래서 몰래 따라왔습니다. 데려다만 주고 저는 바로 다시 경성으로 돌아갈 거고요."

현정건이 시원시원하게 대답했다. 현계옥이 그를 곁눈으

로 살짝 흘기며 말했다.

"나를 애인으로 혹은 한 여자로만 보지 말고, 같은 동지로 생각해 달라는데도 이러네요."

그 말에 현계옥을 둘러선 두 남자가 하하, 하고 웃었다.

'그럼 현정건이 육혈포의 주인 맞는 거 아니야? 약산 앞에서도 켜지지 않던 불이 정건이 나타나자마자 다시 켜졌잖아. 왜 타임셋은 자꾸만 아니라고 하는 거지?'

우현은 머릿속이 뒤엉키는 기분이었다.

현계옥은 김원봉과 현정건을 번갈아 보며 미간을 찌푸리다 인력거 뒤에 선 우현과 눈이 마주쳤다. 우현은 자신도 모르게 흡, 하고 숨을 멈추었다. 현계옥은 순간 우현을 알아본 것 같은 기색이었지만 곧 눈길을 거두었다.

'어? 나를 못 알아보나?'

현정건이야 요릿집에서 가회동 집까지 딱 한 번 우현의 인력거를 탔을 뿐이다. 그가 우현의 얼굴을 알아보지 못한대도 무리는 아니다. 하지만 현계옥은 다르다. 한나절을 우현과 같이 다니며 냉차까지 사 주었다. 입단속을 조건으로 내민 사례금을 우현이 거절할 때 두 사람은 의미심장한 눈빛조차 나눈 사이 아닌가. 하지만 그런 걸 따질 때가 아니었다. 현계옥이 따져 묻기 전에 여기를 떠나야 했다. 육혈포의 주인이 누구냐는 앞으로 차근차근 알아내면 된다. 여기까지 정리한 우현이 인력거를 슬슬 끌며 자리를 뜨려 할 때였다. 인사를 마친 김원봉이 우현을 불렀다.

"어이, 잠시만!"

김원봉은 현정건과 현계옥을 인력거로 안내했다.

"이 두 사람을 아까 내가 나온 집으로 부탁하네."

그는 이 말을 끝으로 인파 속으로 사라졌다. 현정건은 역시나 우현을 못 알아보는 듯 무심한 어투로 물었다.

"조선인이구먼. 그래, 상해에서 인력거를 끈 지 얼마나 되었나?"

우현이 대답할 말을 찾지 못하고 어물거리는데 현계옥이 끼어들었다.

"정건 씨, 상해에 며칠 묵을 작정이세요?"

경성에서 벌인 일이 있으니 하루라도 빨리 돌아가야 하지 않겠냐는 현계옥의 말에 현정건이 퉁명스럽게 물었다.

"무사히 도착했으니 길잡이는 이제 필요 없다는 말인가?"

"뭐, 굳이 콕 집어 말하자면!"

"어이쿠! 할 말이 없네그려."

우현은 두 사람이 농담을 주고받는 사이 얼른 인력거를 끌었다. 그리고 이들을 김원봉의 집으로 데려다주었다. 대문 안으로 들어가던 계옥이 힐끔 뒤를 돌아보며 우현과 눈을 마주쳤으나 그뿐이었다. 우현은 집 안으로 사라진 계옥의 자취를 멍한 눈으로 쫓았다. 그제야 쉴 새 없이 반짝이던 빨간 불이 꺼졌다.

다음 날, 우현은 다시 김원봉의 집으로 찾아갔다. 밤새 인력거꾼 합숙소에서 뒤척이며 궁리한 방도가 있었다.

'동지야, 옛말에 호랑이를 잡으려면 호랑이 굴로 뛰어들라고 했어. 인력거꾼으로 길바닥만 빙빙 돌아서는 육혈포의 진짜 주인을 가려내기 힘들단 말이야.'

[그래서?]

'이제부터 내가 하는 걸 잘 봐. 아주 기발한 방법이 생각났거든.'

이 말을 끝으로 우현은 대문 한가운데 달린 구리 손잡이를 통통 두드렸다. 곧 안에서 인기척이 났다.

"어? 자네는?"

문틈 사이로 고개를 내민 사람은 김원봉이었다. 우현은 거두절미하고 찾아온 목적을 말했다.

"의열단 단원으로 입단시켜 달라고?"

거실의 둥근 탁자에 마주 앉은 김원봉이 우현을 건너다보며 생뚱맞다는 표정을 지었다.

"의열단이 뭔가? 난 처음 듣는 말인데?"

우현은 시치미를 떼는 김원봉을 보며 한숨을 내쉬었다. 그리고 곧바로 속사포처럼 줄줄이 읊어 댔다.

"1919년 11월 9일, 만주 길림성 파호문 밖 중국인 반씨의 집에 모인 독립지사들이 밤을 새워 가면서 숙의한 끝에 조직한 항일 비밀 결사 조직. '정의의 사(事)를 맹렬히 실행한다.'

고 한 데서 유래된 단체명이 의열단입니다."

김원봉의 눈이 접시만 하게 커졌다.

"너 누구냐? 누군데 길림성 반씨네 집을 알아?"

"구구절절 설명할 시간이 없습니다. 제가 일제의 앞잡이나 밀정으로 보이시거든 당장 이 자리에서 절 죽이십시오. 하지만 어제 분명 선생님께서 말씀하셨습니다. 조선인은 조선인을 알아본다고. 그렇다면 독립투사도 같은 독립투사는 저절로 알아볼 수 있지 않습니까?"

우현의 당찬 대꾸에 김원봉은 입을 꾹 다물었다. 대신 그 형형한 눈빛을 더욱 날카롭게 빛내며 우현의 얼굴을 뚫어져라 보았다. 우현도 물러서지 않고 눈싸움을 버텼다.

숨 막히는 대치의 시간이 지나고 김원봉의 너털웃음이 터졌다.

"좋네. 마침 인력거를 몰 줄 아는 사람이 필요하던 참이었어."

우현이 반색했다.

"그렇다면 입단을 허락하시는 겁니까?"

"아니. 당돌한 말 한마디 가지고 허락할 수는 없지. 임무 하나를 줄 테니 이것을 무사히 완수해 내게. 그리하면 입단을 생각해 보겠네."

김원봉은 우현에게 골목으로 나가 기다리라고 하고는 방으로 들어갔다. 우현이 초조한 마음으로 집을 나오자 동지가 기다렸다는 듯 쏘아 댔다.

[아까 하마터면 너를 본부로 강제 소환할 뻔했잖아. 미래에서 온 거 들통나면 어쩌려고 그렇게 의열단에 대해서 사전적으로 읊어 대?]

우현이 뭐라고 대답하려는데 대문이 삐걱 열렸다. 그 사이로 나오는 사람은 못 보던 신사였다. 그가 나오자마자 타임글래스에 빨간 불이 다시 켜졌다. 우현은 얼른 그를 뜯어보았다.

'이 남잔가? 육혈포의 주인이?'

우현의 가슴이 두방망이질하기 시작했다.

체구가 작은 편이었으나 콧수염과 짙은 눈썹이 매우 인상적인 남자였다. 그는 우현을 보고 얼굴이 살짝 굳었으나 곧 무심한 표정이 되었다. 뒤따라 나온 김원봉이 우현에게 지시했다.

"이 사람을 기차역까지 무사히 데려다주고 오게. 그게 아까 말한 임무일세."

"이 사람이 끄는 인력거를 타고 갑니까?"

김원봉을 향해 묻는 신사의 얼굴에 의심과 불신의 표정이 스쳤다. 우현은 신사의 입에서 다른 말이 나올까 무서워졌다.

"빨리 타세요."

신사가 김원봉을 한 번 돌아보더니 마지못해 인력거에 올랐다. 김원봉이 휘장을 들추고는 안에다 대고 말했다.

"자네만 믿네."

신사가 뭐라고 작은 소리로 대답했으나 인력거 앞에 선 우현의 귀에는 들리지 않았다.

인력거가 달리기 시작했다. 우현이 한창 내비게이션이 안내하는 대로 달리는데 뒤에서 부르는 소리가 들렸다.

"잠깐 멈추시오. 들를 데가 있소."

신사가 휘장을 걷고 우현에게 말했다.

"임시정부 청사로 가 주시오. 거기서 물건을 받아 가야 하니."

우현이 머릿속으로 지시했다.

'동지야, 임시정부 청사로 안내해.'

증강 현실 내비게이션이 새로운 길 안내를 시작했다. 우현이 프랑스 조계지 골목을 이리저리 누비며 달리는데 휘장 안에 있던 신사가 소리쳤다.

"이쪽 길이 아니오. 다시 돌아 나가시오."

우현이 걸음을 멈추고 뒤를 돌아봤다. 내비게이션이 가리키는 대로 잘 가고 있는데 왜 그러지, 싶었으나 입 밖으로 꺼낼 수는 없었다.

"엉뚱한 방향으로 가고 있잖소. 이제부터는 내가 가자는 대로만 가시오."

우현은 그 서슬에 눌려 그저 예, 하고 대답할 뿐이었다.

'동지야, 우리가 모르는 지름길이 있나 봐.'

우현은 신사가 가리키는 대로 내처 달렸다. 그렇게 오래된 주택가 골목을 이리저리 뺑뺑 돌던 우현이 그만 자리에 우뚝 서 버렸다.

"헉헉, 여긴 막다른 골목인데요."

신사가 인력거에서 천천히 내렸다. 우현은 여전히 숨을 고르느라 헐떡거리고 있었다. 신사가 그런 우현 옆으로 다가서더니 조용히 물었다.

"밀정이냐? 염탐이냐?"

우현의 옆구리로 서늘한 기운이 느껴졌다. 본능처럼 위험을 감지한 우현이 움찔하며 내려다보았다.

'엇, 육혈포다!'

우현은 자신에게 총구를 겨눈 신사를 놀란 눈으로 쳐다보았다.

"무, 무슨 짓입니까?"

신사가 낮고 조용한 음성으로 물었다.

"왜 상해까지 따라온 거지? 거기다 인력거꾼으로 위장해 대담하게 단장님께 접근하고."

우현은 혼비백산해서 움찔 물러섰다. 난생처음 보는 남자가 자신의 비밀을 다 아는 것처럼 따지고 들다니, 이 남자는 도대체 누구란 말인가. 빨간 불이 켜진 걸 보아, 그리고 이번 임무의 주인공인 육혈포를 들고 있는 걸 보아 이 남자가 총의 주인일 수도 있다. 하지만 우현의 정체까지 알 수는 없는 노릇 아닌가. 우현의 머릿속이 다시 한번 엉망으로 뒤엉켰다.

마주 선 신사가 총을 들어 우현의 얼굴을 겨누었다.

궁지에 몰린 우현이 소리쳤다.

"난 절대 염탐이나 밀정이 아니에요!"

"그럼 뭔데? 겨우 인력거나 끄는 놈이 무슨 돈이 나서 상해까지 온 거지?"

우현이 되받아쳤다.

"그러는 당신은 도대체 누구죠? 누군데 내가 경성에서 왔으니 어쩌니 다 아는 듯 떠든단 말이에요?"

우현이 대들자 신사가 한 발 물러서며 빙그레 웃었다.

"그래, 너도 누구 손에 죽는지는 알아야겠지?"

그러더니 머리에 쓴 중절모를 휙 벗어젖혔다. 순간, 치렁치렁한 머릿단이 신사의 어깨 아래로 툭 떨어졌다.

"어!"

우현이 놀라 외마디 비명을 질렀다.

"이것도 떼면 더 놀라 자빠지겠군."

신사는 코밑에 있는 수염을 단숨에 떼어 냈다.

"아, 아니 현계옥, 당신!"

"자, 내 비밀은 밝혔으니 네 놈 비밀도 털어놔 봐!"

"비밀 따위는 없어요."

"이놈이 혼구멍이 나야 정신을 차리겠구나. 어디, 팔 하나를 못 쓰게 만들어 줄까?"

남장을 하고 총을 든 현계옥은 이제껏 보았던 어떤 모습과도 달랐다. 경성 최고의 기생에서 학생의 모습으로, 독립운동가의 연인으로…… 짧은 시간 동안 현계옥이 보여 준 모습은 한 사람이라고 생각할 수 없을 정도였다. 차림에 따라, 상황에 따라 말투에 행동마저 다른 모습에 탄성이 절로 나올 지경이었다.

우현이 의심 가득한 눈초리로 계옥을 쏘아보았다.

"난 당신이 더 의심스러워. 당신, 얼마 전만 해도 친일파 매국노들과 어울리며 승마를 즐긴 기생 아니었나? 그런 사람이 겨우 몇 달 사이에 어떻게 의열단 단장과 거사를 논하는 단원이 될 수 있다는 거지? 당신 같은 기생이 하루아침에 독립투사로 변신한다면 나 같은 인력거꾼도 못 하란 법 없잖아."

"헛소리 하지 마! 네 말은 하나도 앞뒤가 안 맞아!"

현계옥이 비웃으며 대꾸하자 우현도 질세라 대들었다.

"안 맞긴 뭐가 안 맞아. 난 당신과 현정건 사이도 믿을 수 없어. 연인이 독립운동을 한다고 경성 최고 기생이 생업까지 내버리고 중국으로 건너온다고? 당신 혹시 약산 선생을 해치기 위해 현정건에게 먼저 다가간 거 아니야?"

우현은 숨을 한 번 고르고 마지막 질문을 던졌다.

"제일 의심스러운 건 그 총이야. 그 무기를 왜 당신이 들고 있는 거지? 그거 약산 선생 것 아니었나?"

그 말에 계옥의 눈빛이 확 달라졌다. 지금껏 차갑게 빛을 내던 눈동자가 이성을 잃은 듯 흔들렸다.

"모함과 모욕은 그 정도로 충분하다."

현계옥이 살기등등한 목소리로 뇌까리며 육혈포에 달린 공이치기를 한껏 뒤로 젖혔다.

그때, 고함 소리가 들렸다.

"아, 잠깐!"

마주 섰던 두 사람이 돌아보니 골목 입구에 김원봉이 서 있었다.

"계옥! 그 정도면 첫 번째 시험으로는 충분한 것 같은데."

김원봉은 뚜벅뚜벅 걸어와 우현과 현계옥 중간에 버티고 섰다. 현계옥은 김원봉이 막아섰는데도 총을 거두지 않았다.

"단장님, 물론 제가 말싸움에 흥분해서 잠깐 평정심을 잃긴 했지만……, 저 녀석의 정체는 아직 다 밝혀진 게 아닙니다."

김원봉이 고개를 끄덕였다.

"응, 자네 말이 옳네. 하지만 총 앞에서도 흔들림 없는 기개는 흔히 만날 수 있는 게 아니지."

김원봉은 우현을 향해 빙그레 웃으며 덧붙였다.

"그러니 입단 시험은 아직 끝난 게 아니야."

당황한 우현이 김원봉에게 물었다.

"그럼 이 사람이 정말 의열단 단원이란 말씀입니까?"

김원봉이 고개를 주억거렸다.

"의열단의 최초이자 유일한 여성 단원이지. 그리고 새롭게 입단할 자네를 시험하는 선배이기도 하고 말이야. 자네 이름이 한우현라고 했지?"

약산은 우현이 고개를 끄덕이자 말을 이었다.

"자네 말대로 이해하기 어려운 일이지. 짜하게 이름난 기생

이 하루아침에 독립투사가 되었으니. 하지만 이것만은 알아
두게. 처음 신분이 무엇이었든 간에 조국의 해방을 위해 몸
바치는 사람들은 모두 똑같이 존귀하고 평등하다네."

김원봉이 우현의 어깨에 손을 얹으며 웃었다.

"우현 군, 시간이 없네. 계옥을 얼른 상해역으로 데려다주
게. 이번 임무는 진짜일세."

알고 보니 현계옥과 김원봉은 미리 짜고 우현을 이 골목으
로 들어오게 한 것이었다. 우현이 계옥의 지시대로 동네를 뱅
뱅 돌 동안 김원봉은 지름길로 미리 와 있었다. 그리고 육혈
포 앞에서도 기죽지 않는 우현을 지켜보고 있었던 것이다.

우현은 자신이 시험당했다는 사실에 기분이 나빠졌지만
지금은 그런 감정에 휘둘릴 틈이 없었다.

"어서 타세요."

우현은 인력거에 계옥을 싣고 내달리기 시작했다.

"아직 시간 있으니 천천히 가도 돼. 너무 서두를 필요 없어."

"전 정말 꿈에도 생각 못 했어요. 기생이 독립투사라니."

휘장 안에서 날카로운 웃음소리가 들렸다.

"경성 기방 최고로 손꼽히는 기생이라는 신분은 네 생각보
다 여러 가지 일을 할 수 있지. 친일파 고관대작들과 허물없
이 지내며 그들이 주고받는 대화 속에 들어 있는 각종 고급
정보를 알아낼 수도 있고, 오히려 총독부 관리들과 친분을 유
지하는 덕분에 의심 없이 지하 활동을 할 수 있거든."

우현은 놀라움에 고개를 끄덕였다.

"황금정 승마구락부에는 내 정보원이 따로 있을 정도니까."

현계옥의 말에 우현은 승마구락부 입구에서 본 급사를 떠올렸다. 그녀의 부탁 말에 짧지만 예리한 눈빛으로 화답하던 급사가 정보원이 틀림없었다.

"아까 정건 씨와의 관계를 의심했지? 내가 그 말에 불같이 화를 낸 건 아마도 내 마음속 깊이 묻어 둔 진심이 들켜서 그런 건지도 몰라. 처음엔 정말 연인인 정건 씨의 사상과 신념을 뒤따르자는 생각에 시작했거든. 그저 그림자처럼 뒷바라지하는 역할이 기생이자 여자인 내가 할 수 있는 전부라고 여겼어."

하지만 시간이 지날수록 계옥의 생각은 변해 갔다. 조선인이라는 이유만으로 나라를 빼앗기고 노예의 삶을 살아야 하는 사람들. 그중에서도 또 천하디천한 기생이라는 신분까지 덧씌워진 자신의 처지가 독립운동을 하면 할수록 확연하게 보였기 때문이다.

"독립을 위한 활동은 곧 내가 기생이 아닌 현계옥이라는 한 사람으로 다시 서는 명분이 되고 기회가 되어 주었어. 하지만 지금껏 누리던 모든 것을 버리고 독립 투쟁에 헌신하겠다는 각오가 금세 뚝딱 만들어지는 건 아니더라고. 그러니 아무것도 모르면서 쉽게 말하지 마."

그간 지나쳐 온 고민의 시간들이 떠오르는지 현계옥의 목소리에 짙은 회한이 스며 있었다.

우현이 혼잣말처럼 중얼거렸다.

"그런 줄도 모르고 기생이라고 덮어놓고 후보에서 제쳐 두었으니."

"우현 군이라고 했나? 솔직히 난 네가 여전히 의심스러워. 경성에서도 일이 끝났는데 가질 않고 내 주위를 빙빙 돌며 살피더니, 갑자기 여기 상해에 나타나고. 도대체 네 정체가 뭐지?"

우현은 속이 바짝바짝 타들어 갔다. 대답할 말을 못 찾고 인력거만 끄는 우현을 가만히 지켜보던 현계옥이 말을 이었다.

"틀림없이 무언가 비밀이 있어. 그런데 그걸 우리한테 설명해도 우린 못 알아들을 것 같아. 그렇지?"

우현은 가슴이 철렁했다.

"그 도깨비 같은 곡절이 궁금하지만 우선 내겐 임무가 먼저니까. 밀정이 아닐 거라는 약산 선생의 말씀을 믿어 보는 수밖에."

이 말을 끝으로 인력거는 안팎이 조용해졌다.

인력거가 드디어 상해역에 도착했다. 현계옥은 가방을 들고 내렸다. 우현은 각오한 듯 현계옥을 향해 말했다.

"임무를 완수하고 무사히 돌아오세요. 그때는 모든 걸 다 말씀드리겠습니다."

그때, 귓가에 삑 하는 경고음이 나면서 동지가 말했다.

[무슨 짓이야. 뭘 다 말씀드린다는 거야?]

우현이 동지의 말을 무시하고 무어라 덧붙이려는데 현계옥이 웃는 목소리로 말했다.

"임무를 완수할 자신은 있지만 무사히 돌아온다는 약속은 못 하겠는걸."

우현은 예? 하고 반문하려다 아홉 살 때 들었던 이야기를 떠올렸다. 그러자 마음이 무거워져 한숨을 내쉬었다. 그 모습을 본 현계옥이 쪽지 하나를 내밀었다.

"정말 독립군이 되고 싶거든 이 주소로 찾아가 봐. 아까 약산 선생이 계시던 집은 내일부터는 다시 중국인의 살림집으로 되돌아갈 거니까."

우현이 현계옥을 향해 고개를 숙였다.

"아깐 죄송했어요. 육혈포의 진짜 주인을 못 알아보고."

현계옥이 살짝 웃으며 대답했다.

"육혈포의 진짜 주인이라……, 글쎄. 오늘은 내가 들었지만 내일은 또 누구 손에 들려 독립 투쟁을 할지 모르니까."

그녀는 이 말을 끝으로 역 안으로 유유히 사라졌다.

우현은 그 모습을 하염없이 바라보다 뒤돌아섰다. 그리고 후미진 골목을 찾아 걷기 시작했다. 손에는 현계옥이 건네준 쪽지가 꼭 쥐여 있었다.

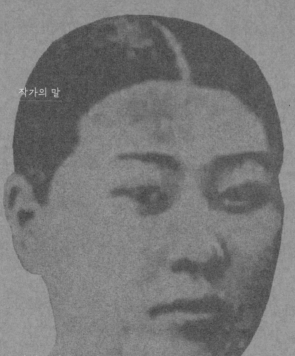

현계옥이라는 인물을 들여다보기 시작한 계기는 우연하고도 필연적인 인연 덕분이었다. SF와 역사물의 융합에 도전하기로 한 동료들과 이 책을 구상하고 기획했다. 본격적인 집필 기간이 되었지만 나는 일신상의 문제로 원고를 쓸 수가 없게 되었다. 동료들에게 폐를 끼치고 싶지 않아 앤솔러지에서 빠지겠다고 의사를 밝혔다. 그러고 이 년 가까운 세월이 지났다. 홍명희문학제에서 만난 동료 작가는 뜻밖의 소식을 들려주었다. 아직 출간 준비 중이라고. 혹시 글쓰기가 다시 가능해졌다면 원래 맡기로 한 작품을 맡아 보라고. 나는 잃어버렸던 지갑을 되찾은 기분이 되어 담당 편집자에게 연락을 했고, 오늘 이렇게 결실을 지켜보게 되었다.

기생이라고 하면 복합적인 이미지와 감상을 뿜어내는 문제적인 신분이다. 일제 강점기에 기생들은 삼중의 굴레 속에 놓여 있었다. 조선인,

여자, 기생이라는 철저한 약자의 자리가 그들 차지였다. 이러한 악조
건 속에서 나라의 해방을 위해 독립운동을 한 기생들이 있었다. 이분
들에 대한 사료는 최근에야 발굴되고 연구되기 시작했다.

3·1 만세 운동 당시 기생들도 조합 단위로 참여했다. 진주, 수원, 해주,
통영 등 전국 각지에서 기생이란 신분을 당당히 밝히면서 '대한 독립
만세!'를 외친 이들의 기록이 생생히 전해지고 있다. 당시 기생들은 만
세 운동을 자신들의 정체성, 사회성, 민족성을 인정받는 기회로 여겨
적극적으로 참여했다. 이른바 사상 기생이 되기를 주저하지 않았다.
이 글에서는 의열단의 유일한 여성 단원으로 기록된 현계옥을 다루었
다. 현계옥의 친구이자 사상적 동지인 정칠성의 경우, 신문 대담을 통
해 만세 운동 당시의 벅찬 순간을 남기기도 했다.

"종로 네거리에서 만세 시위 물결을 바라보는 젊은 가슴은 흥분에 넘
치는 뜨거운 눈물을 흘리면서 그 뒤를 따라다닌 일도 있었다."

이렇듯 의식이 각성된 기생들은 자신을 억눌렀던 사회 구조와 통념에
순종하지 않고 맞섰다. 일제뿐만 아니라 모든 억압들을 상대로 "독립
만세!"를 외친 것이다.

이 단편은 현계옥이라는 독립운동가를 발견하는 순간을 스케치한 일
례이다. 현계옥의 행적이나 업적은 짧은 이야기 속에 욱여넣을 수 없
을 만큼 크고 위대하다. 일제 강점기 때 활약했던 여성 독립운동가들
의 자취를 핍진하게 쫓아가는 일이 역사를 공부하고 쓰는 작가들의 몫
이라 생각한다.

김소연

한국사 복원 프로젝트

타임슬립 2119

2020년 8월 17일 1판 1쇄

지은이 임어진 정명섭 이하 김소연

편집 김태희 장슬기 김아름 이효진 **디자인** 홍경민
제작 박흥기 **마케팅** 이병규 양현범 이장열 **홍보** 조민희 강효원

인쇄 천일문화사 **제책** 정문바인텍

펴낸이 강맑실
펴낸곳 (주)사계절출판사 **등록** 제406-2003-034호
주소 (우)10881 경기도 파주시 회동길 252
전화 031)955-8588, 8558 **전송** 마케팅부 031)955-8595 편집부 031)955-8596
홈페이지 www.sakyejul.net **전자우편** literature@sakyejul.com
블로그 skjmail.blog.me **페이스북** facebook.com/sakyejul1318
트위터 twitter.com/sakyejul **인스타그램** instagram.com/sakyejul1318

ⓒ 임어진 정명섭 이하 김소연 2020

ISBN 979-11-6094-676-5 44810
ISBN 978-89-5828-473-4 (세트)

이 도서의 국립중앙도서관 출판예정도서목록(CIP)은 서지정보유통지원시스템 홈페이지
(http://seoji.nl.go.kr)와 국가자료공동목록시스템(http://www.nl.go.kr/kolisnet)에서
이용하실 수 있습니다.(CIP제어번호: CIP2020031488)